고양이와 쇼조와 두 여자

고양이와 쇼조와 두 여자

다니자키 준이치로 중단편선

시와서

일러두기

- 외래어 표기는 국립국어원의 외래어 표기 원칙에 따랐다. 다만 통용되는 표기가 있을 때는 그에 따르기도 했다.
- 문장부호는 원문의 표기에 따랐다.
- 본문의 각주는 모두 옮긴이의 것이다.
- 번역 저본은 신초샤의 ≪猫と庄造と二人のおんな≫와 고단샤의 ≪小さな王国・海神丸≫으로 했다.

차례

고양이와 쇼조와 두 여자 … 7

작은 왕국 … 151

어머니를 그리는 글 … 205

편집자 후기 … 247

고양이와 쇼조와 두 여자

후쿠코 씨, 부디 용서해 주시기 바랍니다. 이 편지는 유키의 이름으로 보낸 것이지만, 사실 저는 유키가 아닙니다. 이렇게 말하니 제가 누군지 아시겠지요? 아니, 아마 이 편지를 뜯어보자마자 '뭐야, 그 여자야?' 하고 바로 눈치채셨을 거예요. 그리고 틀림없이 화가 나서 '이런 무례한…… 제 멋대로 친구 이름을 빌려 편지를 보내다니, 뭐 이렇게 뻔뻔한 인간이 다 있지?' 하고 생각했을 테지요. 하지만 후쿠코 씨, 부디 헤아려 주세요. 만약 봉투 뒷면에 제 이름이 쓰여 있었다면 그 사람이 중간에서 가로챌 것이 틀림없다는 걸 잘 알고 있습니다. 이 글을 꼭 읽어 주시길 바라는 마음에 이렇게 할 수밖에 다른 방법이 없었답니다. 하지만 안심하세요. 저는 결코 원망할 생각도, 하소연을 늘어놓을 마음도 없습니다. 정말로 그럴 마음이라면 이 편지보다 열 배, 스무 배는 더 길게 써도 모자라겠지만, 이제 와서 그런 말을 한들 무슨 소용이 있겠어요. 호호호, 저도 고생을 겪은 덕에 꽤 강해졌답니다. 그렇게 날이면 날마다 울고만 있지는 않아요. 울고 싶은 일도, 분한 일도 많고 많지만, 이제 더는 생각하지 않고 제 힘 닿는 데까지 밝게 살기로 마음먹었어요. 인간의 운명이란 건 언제 누가 어떻게 될지 정말이지 신이 아니고서야 누구도 알 수 없을 텐데, 남의 행복을 부러워하고 미워하는 건 바보 같은 일이잖아요.

제가 비록 많이 배우지는 못했지만, 이렇게 직접 당신에게 편지를 보내는 것이 실례라는 것쯤은 잘 알고 있습니다. 하지만 쓰카모토 씨가 몇 번을 전했는데도 그 사람이 도무지 말을 듣지 않는다고 하니, 이제는 당신에게 부탁하는 수밖에 달리 방법이 없다고 생각했습니다. 이렇게까지 말하니 뭔가 대단히 어려운 부탁이라도 하려는 것처럼 들리겠지만, 결코 그렇게 번거로운 일은 아닙니다. 저는 그저 그 집에서 받고 싶은 것이 딱 하나 있습니다. 그렇다고 물론 당신과 함께 있는 그 사람을 돌려 달라는 말은 아닙니다. 실은 그보다 훨씬 더 하찮고 별 볼 일 없는 것…… 릴리를 갖고 싶습니다. 쓰카모토 씨 말로는, 그 사람은 릴리를 줘도 상관없다는데 후쿠코 씨가 릴리와 헤어지고 싶지 않다고 했다는군요.

후쿠코 씨, 그게 정말인가요? 저의 유일한 소망을 당신이 방해하고 계신 건가요? 후쿠코 씨, 부디 잘 생각해 주시기 바랍니다. 저는 제 목숨보다 소중한 사람을…… 아니, 그뿐만이 아니에요. 그 사람과 꾸려 왔던 행복한 가정을 고스란히 당신에게 넘겨주었습니다. 가져온 물건이라고는 찻잔 하나 없고, 시집올 때 가져온 물건들조차 원하는 대로 받지 못했습니다. 슬픈 추억거리가 될 만한 물건은 차라리 없는 편이 나을지도 모르지만, 적어도 릴리만큼은 보내 주셔도 되지 않을까요? 그것 말고는 아무것도 무리한 요구는 하지 않을게요. 밟히고, 차이고, 맞고, 그래도 저는 그저 가만히 참았습니다. 그렇게 큰 수모를 겪었는데, 단지 고양이 한 마리 받고 싶다는 것이 뻔뻔스러운 부탁인가요? 당신에게는 어찌 되든 상관없는 그저 작은 짐승일지 모르지만, 제게는 얼마나 외로움을 달래 주는 존재인지 모른답니다. 겁쟁이로 보이고 싶지는 않지만, 릴리라도 함께 있어 주지 않으면 저는 외로워서 견딜 수가 없습니다. 고양이 말고 저를 생각해 주는 사람은 이 세상에 아무도 없답니다. 당신은 저를 이토록 무너뜨려

놓고도 더 괴롭히시려는 건가요? 지금 이토록 외롭고 허전한 제게 일말의 동정도 느끼지 않을 만큼 무자비한 분이신가요?

아니에요, 당신은 그런 분이 아닙니다. 저는 잘 알고 있어요. 릴리를 보내주지 않는 건, 당신이 아니라 바로 그 사람, 틀림없이 그 사람이에요. 그 사람은 릴리를 무척 좋아하죠. 언제나 제게 "당신하고는 헤어져도 이 고양이하고는 쉽게 못 헤어져"라고 말하곤 했지요. 밥을 먹을 때도, 잠을 잘 때도, 저보다 릴리를 훨씬 예뻐했답니다. 그런데 왜 그 사람은 솔직하게 "난 헤어지고 싶지 않아"라고 말하지 않고 당신 탓으로만 돌리는 걸까요? 그 이유를 잘 생각해 보세요…….

그 사람은 싫어하는 저를 내쫓고, 좋아하는 당신과 함께 있게 되었습니다. 저랑 살던 때야 릴리가 필요했겠지만 이제는 도리어 방해가 되지 않겠어요? 그게 아니라면 그 사람은 지금도 릴리가 없으면 뭔가 허전함을 느끼는 걸까요? 그렇다면 당신도 저처럼 고양이보다도 못한 존재로 여겨지는 걸까요? 어머, 죄송해요, 그만 마음에도 없는 말을 해 버렸군요……. 설마 그런 바보 같은 일이 있을 거라고는 생각하지 않지만, 그래도 그 사람, 자기가 좋아한다는 사실은 숨기고 당신 탓으로 돌리는 걸 보면, 역시 조금은 찔리는 데가 있다는 증거가 아닐지…… 호호호, 뭐 어쨌든 이제 저와는 상관없는 일이네요. 하지만 정말로 조심하세요. 그깟 고양이쯤이야, 하고 마음을 놓았다가는 그 고양이한테조차 밀려날지도 몰라요. 저는 절대 나쁜 말은 하지 않아요. 저를 위해서가 아니라 당신을 생각해서 하는 말이에요. 릴리를 어서 그 사람 곁에서 떼어 버리세요. 그 사람이 그 말을 들어 주지 않는다면 더더욱 수상하지 않나요?

후쿠코는 편지에 쓰인 문구 하나하나를 마음에 담아 둔 채, 쇼조와 릴리가 노는 모습을 은근히 눈여겨보고 있다. 작은 전갱이 초무침을 안주 삼아 술을 홀짝홀짝 마시는 쇼조는 한 모금 하더니 잔을 내려놓는다.

"릴리."

쇼조는 그렇게 부르더니 전갱이 한 점을 높이 집어 올린다. 그러자 릴리가 뒷발로 서서 둥근 밥상 끝에 앞발을 걸치고는 접시 위의 생선을 가만히 노려본다. 그 모습이 마치 술집에서 손님이 카운터에 기대어 있는 것 같기도 하고, 노트르담 성당의 괴물 조각상 같기도 하다. 그러다 드디어 먹잇감이 머리 위로 올라오면 갑자기 코를 실룩거리면서, 크고 영리해 보이는 눈을 마치 사람이 깜짝 놀랐을 때처럼 휘둥그레 뜬 채 밑에서 올려다본다. 하지만 쇼조는 그리 순순히 던져주지 않는다.

"옳지!"

쇼조는 릴리의 코끝에까지 갖다 대더니, 도로 자기 입에 넣어 버린다. 그리고 생선에 배어 있는 단촛물은 쩝쩝 빨아 먹고, 단단해 보이는 뼈는 잘게 씹는다. 그러고는 다시 한 점을 집어 올려, 멀리 뺐다가 가까이 가져갔다가 높이 올렸다가 낮게 내렸다가 하면서 요리조리 자랑이라도 하듯 보여 준다. 그러면 릴리는 그걸 쫓느라 밥상에서 앞발을 떼고, 유령처럼 발을 가슴 양옆 위로 올린 채 아장아장 걸으면서 따라간다. 그러다가 쇼조가 먹이를 릴리의 머리 바로 위로 가져가서 멈추면, 릴리는 있는 힘껏 뛰어올라 앞발로 잽싸게 낚아채려고 하지만 아슬아슬하게 놓치고 또 뛰어오른다. 그러니 결국 전갱이 한 마리를 잡는 데 5분이나 10분은 족히 걸린다.

쇼조는 그렇게 똑같은 행동을 몇 번이고 반복했다. 한 마리를 주고 나면 술 한 잔을 마시고 또 부른다.

"릴리."

그러면서 또 한 마리를 집어 올린다. 접시 위에는 길이가 두 치•쯤 되는 작은 전갱이 열두세 마리가 있었을 텐데, 자신

• 한 치는 약 3센티미터.

이 제대로 먹은 건 서너 마리밖에 안 되고, 나머지는 단촛물만 쓱쓱 핥아 먹고 살코기는 전부 줘 버린다.

"아! 아얏! 아프잖아, 이 녀석아!"

결국 쇼조가 괴성을 질렀다. 릴리가 갑자기 어깨 위로 뛰어올라가 발톱을 세운 것이다.

"이 녀석! 내려와! 어서 안 내려와?"

늦더위도 슬슬 꺾이기 시작하는 9월도 절반이 지났지만, 살찐 사람이라면 누구나 그렇듯 더위를 많이 타는 데다 땀이 많은 쇼조는 얼마 전 홍수로 진흙투성이가 된 뒤쪽 툇마루 끝으로 밥상을 들고 나가, 반팔 셔츠 위에 털실로 짠 복대를 두르고 삼베 반바지 차림으로 책상다리를 하고 앉아 있다. 불룩하게 솟은 언덕 같은 어깨 살 위로 뛰어오른 릴리가 주르륵 미끄러지지 않으려고 힘껏 발톱을 세운다. 그 바람에 발톱이 까끌까끌한 셔츠 한 겹을 뚫고 살 속으로 파고든다.

"아! 아얏!"

쇼조가 비명을 지른다.

"에잇! 안 내려올 거야?"

어깨를 흔들어도 보고 한쪽으로 몸을 기울여도 보지만, 릴리는 그럴수록 떨어지지 않으려고 더 발톱을 세워, 결국 셔츠에 피가 얼룩덜룩 번지기 시작한다.

"말썽쟁이 같으니라고."

쇼조는 그렇게 투덜거리면서도 절대 화를 내지 않는다. 릴리는 그걸 잘 알고 있다는 듯이 뺨에 얼굴을 비비며 애교를 부리고, 쇼조가 생선을 먹는 것을 보면 자기 입을 대담하게 주인의 입가로 가져간다. 쇼조가 입을 우물우물하다가 혀로 생선을 내밀어 주면 날름 무는데, 한 번에 먹어 치울 때도 있지만, 먹는 김에 주인의 입 주위를 기분 좋다는 듯이 핥을 때도 있는가 하면, 주인과 고양이가 생선 양 끝을 물고 서로 당기기도 한다. 그럴 때면 쇼조는 "윽", "퉤, 퉤", "기다려!" 하고 추임새를 넣으면서, 얼굴을 찡그리기도 하고 침을 퉤퉤 뱉기도 하지만, 사실은 릴리와 마찬가지로 즐거워하는 것 같다.

"아니, 왜 그래?"

잠시 한숨을 돌린 그는 별생각 없이 아내에게 술잔을 내밀다가 갑자기 걱정스러운 듯이 올려다보았다. 지금까지 기분이 좋아 보이던 아내가 어쩐 일인지 술을 따르려고 하지 않고, 양손을 품속에 집어넣은 채 맞은편에서 그를 뚫어지게 쳐다보고 있다.

"술, 이제 없어?"

쇼조는 내밀었던 술잔을 거두고 쭈뼛쭈뼛 눈을 쳐다보았지만, 아내는 꿈쩍도 하지 않는다.

"할 애기가 좀 있어."

그러더니 화가 난 듯 입을 꾹 다문다.

"응? 무슨 애기?"

"당신, 그 고양이, 시나코한테 갖다 줘."

"무슨 말이야?"

아닌 밤중에 홍두깨도 아니고 그런 얼토당토않은 말이 어디 있냐고 연거푸 눈을 껌뻑거렸지만, 아내도 그에 질세라 매서운 표정을 지으니 더더욱 영문을 알 수 없다.

"왜 또 갑자기……."

"무슨 일이 있어도 줘 버려. 내일 당장 쓰카모토 씨 불러서 갖다 주란 말이야."

"도대체 그게 무슨 말이야?"

"아니, 싫다는 거야?"

"기, 기다려 봐! 이유도 없이 그렇게 말하면 너무하잖아. 당신, 뭐, 기분 상한 일이라도 있어?"

'릴리를 질투해서?' 쇼조는 순간 그런 생각이 들었다. 하지만 그건 말도 안 되는 소리라고 생각했는데, 왜냐하면 후쿠코 자신도 원래 고양이를 좋아했기 때문이다. 쇼조가 아직 전처인 시나코와 살고 있었을 때, 후쿠코는 시나코가 가끔 고양이를 질투한다는 말을 듣고 시나코의 비상식을 비웃고 조롱하기도 했었다. 그럴 정도이니 후쿠코는 쇼조가 고양이를 좋아한다는 것을 잘 알고 있었을 뿐만 아니라, 쇼조만큼 극단적이지는 않지만 후쿠코 자신도 그와 함께 살면서 릴리를 예뻐했던 것이다. 사실 부부끼리 마주 앉아 삼시 세끼 밥을 먹을 때면 어김없이 릴리가 밥상 사이에 끼어들었지만 그래도 지금까지 이러쿵저러쿵 불평한 적은 한 번도 없었다. 그러기는커녕 언제나 오늘처럼 저녁 식사 때에는 릴리와 느긋하게 장난치면서 술을 즐겼다. 남편과 고양이가 연출하는 서커스 곡예 같은 진풍경을 그녀도 무척 재미있다는 듯이 바라보았을 뿐만 아니라, 때로는 직접 먹이를 던져 주거나 자기에게 달려들게 할 정도였다. 릴리가 끼어드는 것은 신혼인 두 사람 사이를 더 가깝게 해주고 식사 분위기도 밝게 만드는 효과가 있을 뿐, 전혀 방해는 되지 않았다. 그런데 도대체 무슨 이유로 이러는 걸까? 어제까지만 해도, 아니, 바로 조금 전에 술을 대여섯 잔 따를 때까지만 해도 아무렇지 않았는데 그사이에 변했다면, 뭔가 사소한 것이라도 거슬린 걸까? 그게 아니라 "시나코에게 줘 버려"라고 말한 걸 보면 갑자기 시나코가 불쌍해진 건지도 모른다.

그러고 보니 시나코가 이곳을 떠나는 조건 중의 하나로 릴리를 데려가고 싶다고 했고, 그 뒤로도 쓰카모토를 통해 두세 번 그런 바람을 전했던 것도 사실이다. 하지만 쇼조는 그런 말은 들을 필요도 없다고 생각해 번번이 거절했다. 쓰카모토가 전한 말은 이러했다. '조강지처를 내쫓고 딴 여자를 들이는 불성실한 남자한테는 아무 미련도 없다고 하고 싶지만, 사실은 지금도 여전히 그를 잊을 수 없고, 아무리 원망하고 미워하려고 애를 써도 그렇게 되지 않는다. 그래서 추억거리가 될 만한 것을 갖고 싶어 그러니 릴리를 자기한테 보내주면 안 되겠는가. 함께 살 때는 너무나도 사랑받는 모습에 화가 나서 몰래 못살게 굴기도 했지만, 이제는 그 집에 있던 모든 것이 그립고, 그중에서도 특히 릴리가 가장 그립다. 릴리를 쇼조의 아이로 여기며 아껴 주고 싶다. 그러면 괴롭고 슬픈 마음이 조금은 달래질 것 같다.'

"이보게, 고작 고양이 한 마리잖아. 저렇게까지 말하는데 불쌍하지 않나?"

쓰카모토가 그렇게 말하면 쇼조는 언제나 이렇게 대답할 뿐이었다.

"그 여자가 하는 말은 곧이곧대로 들으면 안 돼."

그 여자는 꾀가 많고 꿍꿍이속이 있어서 무슨 말을 해도 의심스럽다. 일단 고집이 세고 지기 싫어하는 성격인데, 헤어진 남자에게 미련이 남았다는 둥, 릴리가 사랑스러워졌다는 둥 그런 상냥한 말을 하는 것이 도무지 수상쩍다. 그 여자가 왜 갑자기 릴리를 예뻐한단 말인가? 아마 데려가서 실컷 괴롭히고 분풀이를 할 속셈일 것이다. 그게 아니라면 쇼조가 좋아하는 것이라면 하나라도 더 빼앗아 심술을 부리려는 생각일지도 모른다. 아니, 그런 유치한 복수심이 아니라 훨씬 더 속을 알 수 없는 꿍꿍이가 숨어 있을지도 모른다. 하지만 머리가 단순한 쇼조는 상대방의 속셈을 들여다볼 수가 없어, 묘하게 기분이 나쁘기도 한 데다가 반감도 커졌다. 그렇지 않아도 그 여자는 제멋대로 많은 조건을 내걸지 않았는가? 하지만 처음부터 이쪽이 심하기도 했고 하루라도 빨리 나가 주었으면 해서 원하는 건 거의 다 들어주었는데, 이제 릴리까지 데려간다니 기가 막힌 소리다. 이런 생각에 쇼조는 쓰카모토가 아무리 끈질기게 말해도 버릇처럼 특유의 완곡한 핑계를 대며 슬그머니 빠져나갔는데, 그럴 때 후쿠코 역시 거기에 동조하는 것은 물론, 쇼조보다 더 강경한 태도를 보였던 것이다.

"이유를 말해 봐! 무슨 일인지 도대체 짐작도 안 가잖아."

그렇게 말하고 쇼조는 술잔을 당겨 직접 술을 따라 마셨다. 그러더니 넓적다리를 철썩 내리쳤다.

"모기향 없나?"

쇼조는 이리저리 주변을 둘러보며 반쯤 혼잣말하듯 말했다. 주위가 어둑어둑해지니 모기가 집 바로 앞의 판자로 된 담장 아래에서 툇마루 쪽을 향해 윙윙 울며 떼 지어 몰려든다. 살짝 과하게 먹었다는 듯이 밥상 밑에서 웅크리고 있던 릴리는 자기 때문에 일이 벌어졌을 때쯤 슬금슬금 마당에 내려가 담장 밑으로 빠져나가더니 어디론가 사라져 버렸다. 마치 그 모습이 조심조심 몸을 사리는 듯이 보여 우스꽝스러웠는데, 사실 배가 터지도록 먹고 난 뒤에는 늘 그렇게 자취를 감추었다.

후쿠코는 잠자코 일어나서 부엌에 가더니, 회오리 모양의 모기향을 찾아와서 불을 붙여 밥상 밑에 놓았다.

"당신, 그 전갱이 전부 고양이한테 먹였지? 당신이 먹은 건 두세 마리밖에 안 되지?"

후쿠코가 이번에는 태도를 누그러뜨리며 말을 꺼냈다.

"난 그런 거 기억 못 해."

"내가 똑똑히 세어 봤어. 접시 위에 처음에 열세 마리가 있었는데, 릴리가 열 마리 먹었으니까 당신이 먹은 건 세 마리잖아."

"그게 잘못됐다는 거야?"

"뭐가 잘못된 건지 모른단 말이야? 아니, 잘 생각해 봐. 내가 고양이 따위를 상대로 질투하는 게 아니잖아. 그게 아니라 내가 전갱이 초무침을 싫어한다고 했을 때, 당신이 자기는 좋아하니까 만들어 주면 좋겠다고 하지 않았어? 그렇게 말해 놓고 자기는 조금도 안 먹고 고양이한테만 주니까……."

그녀의 불만은 말하자면 이런 것이었다.

한신전차의 선로를 따라 니시노미야, 아시야, 우오자키, 스미요시 같은 마을이 줄지어 있는데, 이 근처 생선 장수들이 그 지역의 바다에서 잡은 전갱이나 정어리를 가져와서 "전갱이 잡혔소, 잡혔소", "정어리 잡혔소, 잡혔소" 하고 외치며 거의 날마다 팔러 다닌다. "잡혔소, 잡혔소"라는 말은 '갓 잡았다'는 뜻인데, 한 접시에 10전에서 15전쯤이면 가족 셋이 먹을 반찬이 될 만한 양이니, 장사가 되겠다는 생각에 하루에 몇 명씩 찾아올 때도 있다. 전갱이도 정어리도 여름에는 길이가 한 치 정도밖에 안 되지만 가을로 접어들면 조금씩 길어지는데, 자그마한 놈은 구이용으로도 튀김용으로도 적당하지 않아, 통째로 구워 초에 절인 다음 생강을 갈아 얹어 뼈째로 먹는 수밖에 없다. 그런데 후쿠코는 그 초절임이 싫다며 얼마 전부터 요리하기를 꺼렸다. 자기는 좀 더 따뜻하고 기름진 음식을 좋아하는데 이렇게 차고 푸석푸석한 음식을 먹으면 우울해진다며 그녀답게 까탈스러운 소리를 하자, 쇼조는 그럼 당신은 당신이 좋아하는 음식을 해 먹어도 좋다고 했다. 그리고 자기는 작은 전갱이가 먹고 싶으니 직접 요리하겠다면서, "잡혔소, 잡혔소" 하는 소리가 들리면 생선 장수를 불러 원하는 만큼 사들였다.

후쿠코는 쇼조와 사촌 사이인데, 시집을 오게 된 사정이 사정이니만큼 시어머니와는 스스럼이 없어서 시집온 다음 날부터 완전히 제멋대로 굴었다. 하지만 아무리 그렇다고 해도 남편이 부엌칼을 잡는 모습을 보고 있을 수는 없어, 결국 자기가 초무침을 만들어 마지못해 함께 먹었다. 그것이 지금 벌써 대엿새나 계속되고 있는데, 이삼일 전부터 문득 이런 생각이 들었다 — 이렇게 아내의 불만을 감수하면서까지 밥상 위에 올릴 만큼 좋아하는 음식인데도, 남편은 그것을 자기가 먹기는커녕 고양이에게만 주는 게 아닌가. 그뿐 아니라 좀 더 생각해 보면, 전갱이는 크기가 작고 뼈가 부드러워 살을 발라내야 할 번거로움이 없고, 가격에 비해 마릿수가 많은 데다 찬 음식이어서, 매일 밤 이렇게 고양이에게 먹이기에는 안성맞춤이다. 그러니까 쇼조가 좋아한다는 말은 사실 고양이가 좋아한다는 말이다. 이 집에서는 남편이 아내의 취향은 무시하고 고양이 위주로 저녁 반찬을 정했다. 결국 남편을 위한다는 마음으로 참아 온 아내는 사실 고양이를 위해 요리를 준비하고 고양이의 입맛에 맞춰야 했던 것이다.

"그런 게 아냐. 난 항상 내가 먹으려고 부탁하는 건데, 릴리 녀석이 저렇게 끈질기게 먹고 싶어 하니까 그만 깜빡하고 하나씩 던져 준 거야."

"거짓말하지 마. 당신, 처음부터 릴리한테 먹일 속셈으로 좋아하지도 않는 걸 좋아한다고 한 거잖아? 당신은 나보다 고양이가 더 소중하잖아."

"무슨 말도 안되는 소리를……."

조금은 과장해서 내뱉듯이 던진 후쿠코의 말 한마디에 쇼조는 완전히 풀이 죽은 모습이었다.

"그럼 내가 더 소중해?"

"당연하잖아! 바보같이, 정말!"

"말로만 하지 말고 증거를 보여 줘. 아니라고 해도 당신 같은 사람은 믿을 수가 없어."

"이제 내일부터 전갱이는 안 살게. 그럼 아무 불만 없는 거지?"

"그보다 먼저 릴리를 보내란 말이야. 그 고양이만 없으면

다 좋아질 거야."

설마 진심에서 하는 말은 아니라 하더라도 우습게 생각했다가 고집이라도 부린다면 귀찮아질 것 같아, 쇼조는 할 수 없이 무릎을 나란히 모으고 자세를 똑바로 고쳐 앉더니, 몸을 앞으로 숙인 채 양손을 무릎 위에 올려놓고 말했다.

"못살게 굴 걸 뻔히 아는데 어떻게 그런 데로 보낼 수 있겠어? 제발 그런 모진 소리는 하지 마."

쇼조는 마치 하소연이라도 하는 듯한 애처로운 목소리로 말을 꺼냈다.

"응? 부탁이니까 그런 말은 하지 말고……."

"그것 봐. 역시 고양이가 더 소중하잖아. 릴리를 어떻게 안 하면 난 헤어질 거야."

"말도 안 되는 소리 좀 하지 마!"

"난 짐승하고 같은 취급 받는 거 싫어."

너무 정색하며 말한 탓인지 갑자기 눈물이 울컥 솟아올랐지만, 자신도 갑작스러웠던지 후쿠코는 당황해하며 남편에게 등을 돌렸다.

시나코가 유키코의 이름을 빌려 보낸 편지가 도착한 날 아침, 후쿠코는 처음에 '이런 장난을 치며 우리 사이에 찬물을 끼얹으려 하다니, 참 못됐네. 누가 그 잔꾀에 속아 넘어갈 줄 알고?' 하고 생각했다. 시나코의 속셈은 이럴 것이다. — 이런 식으로 편지를 보내면 결국 후쿠코는 릴리가 신경이 쓰여 보내 버릴 지도 모른다. 그렇게 되면 시나코는 '내 그럴 줄 알았다니까. 날 보고 비웃던 너도 똑같이 고양이를 질투하잖아. 너도 역시 남편한테 사랑을 못 받고 있는 거야' 하고 손뼉을 치며 놀릴 수 있고, 설령 그렇게 되지 않는다 해도 이 편지로 인해 집안에 풍파가 일어난다면 그것만으로도 속이 후련해 할 것이다. 이런 속셈일 게 틀림없으니, 후쿠코로서는 시나코의 코를 납작하게 해 주려면 부부 사이에 더 깨가 쏟아져 이런 편지 따위는 애초에 아무 문제도 안 된다는 것을 보여 주면서, 둘 다 똑같이 릴리를 예뻐하니 보낼 생각이 없다는 것을 똑똑히 알려 주는 게 가장 좋은 방법이었다.

그런데 하필이면 이 편지가 도착한 시기가 나빴다. 왜냐하면 마침 요사이 이삼일 동안 후쿠코는 전갱이 초절임 때문에 마음속에 불만이 쌓여 한 번쯤은 남편에게 따져야겠다고 생각하던 참이었다. 원래 그녀는 쇼조가 생각했던 만큼 고양이를 좋아하는 성격은 아니었다. 쇼조의 마음을 얻고 싶기도 했고 또 시나코에게 심술을 부리려는 마음에서 고양이를 좋아하게 된 것이다. 그녀는 자신이 고양이를 좋아한다고 스스로도 생각했을 뿐 아니라 남들도 그렇게 생각하도록 했는데, 그때는 아직 그녀가 이 집안에 들어오기 전으로, 시어머니 오린과 몰래 한통속이 되어 오로지 시나코를 내쫓을 궁리만 하고 있을 때였다. 그리고 이곳에 온 뒤로도 릴리를 예뻐하며 자신은 고양이를 좋아하는 사람이라고 생각하고 살았지만, 차츰차츰 그녀는 그 한 마리 작은 짐승의 존재가 저주스럽게 여겨지기 시작했다.

잘은 모르지만 이 고양이는 서양종이라고 하는데, 예전에 이 집에 손님으로 놀러 왔을 때 무릎 위에 올려놓으니, 감촉이 부드러운 데다 털이 난 모양, 얼굴 생김새와 자태가 주변에서 흔히 볼 수 없는 아름다운 암고양이라서 그때는 정말로 사랑스럽다는 생각이 들었다. '이런 게 방해가 된다고 생각하다니, 시나코는 참 이상한 사람이네. 역시 남편한테 미움을 받으니까 고양이한테까지 삐뚤어진 마음이 드나 봐.' 그녀는 심술 때문이 아니라 정말로 그렇게 느꼈다. 하지만 이번에 자신이 후처가 되어 다시 생각해 보니, 물론 자신은 시나코 같은 취급을 받지 않고 사랑받고 있다는 것을 알면서도, 시나코를 비웃을 수만은 없다는 느낌이 드는 것이 이상했다. 그도 그럴 것이, 쇼조가 고양이를 좋아하는 정도가 사람들이 일반적으로 고양이를 좋아하는 수준이 아니라, 도가 지나치다 싶을 정도였기 때문이다. 사실 귀여워해 주는 건 좋지만, 생선 한 마리를 (게다가 아내가 보고 있는 앞에서!) 입으로 물어 먹여 주면서 실랑이를 벌이다니, 아내에 대한 배려가 너무 없었다.

또 후쿠코는 릴리가 저녁 식사 때 끼어드는 것도 솔직히 기분이 언짢았다. 밤이 되면 식사를 마친 시어머니가 둘을 배려해 먼저 이층으로 올라가고, 그러면 후쿠코는 단 둘이서만 느긋하게 즐기고 싶은데, 거기에 고양이 녀석이 끼어들어 남편을 가로채 버린다. 마침 운 좋게도 오늘 밤에는 안 보이는가 싶다가도, 밥상 다리를 펴거나 반찬 그릇이 달그락하는 소리라도 나면 금세 어디선가 돌아온다. 가끔 집에 돌아오지 않을 때면 쇼조는 어처구니없게도 "릴리", "릴리" 하고 큰 소리로 부른다. 그렇게 릴리가 돌아올 때까지 몇 번이나 이층으로 올라갔다 뒷문으로 나갔다 하는데 그래도 안 보이면 길 밖에까지 나가서 불러 본다. 이제 곧 돌아올 테니 한 잔 마시라며 아내가 술잔을 권해도 머뭇거리며 안절부절못한다. 그럴 때면 그의 머릿속은 릴리로 꽉 차 있어 아내가 무슨 생각을 하는지는 아예 관심도 없는 것 같다.

게다가 또 하나 불쾌한 점은 잠잘 때도 끼어든다는 것이다. 쇼조는 지금까지 고양이를 세 마리 키웠지만 모기장을 넘어오는 재주가 있는 녀석은 릴리뿐이라며, 참으로 영리하다고 말한다. 그러고 보니 정말 머리를 방바닥에 바싹 붙이고 스르륵 끝자락을 들어 올리며 기어들어 온다. 그리고 대개는 쇼조의 이불 옆에서 잠이 들지만, 추워지면 이불 위로 올라와서 모기장을 넘어올 때와 같은 요령으로 베개 쪽에서 이불 틈새로 파고 들어온다. 그런 식이니 이 고양이만큼은 부부의 비밀을 속속들이 보고 있는 셈이다.

그래도 그녀는 이제 와서 새삼, 고양이를 좋아한다는 간판을 내리고 사실은 싫어한다고 말할 만한 기회가 없기도 했고, 또 '상대는 기껏해야 고양이잖아' 하고 으스대는 마음도 있었기 때문에 여태껏 짜증을 참아 온 것이다. '그 사람은 릴리를 장난감으로 여길 뿐이고 정말로 좋아하는 건 나야. 그이한테 이 세상천지에 둘도 없는 건 오직 나뿐이니까 괜히 쓸데없는 데 신경을 쓰면 나 자신을 싸구려 취급하는 꼴이 되는 거야. 좀 더 마음을 너그럽게 먹고, 아무 죄도 없는 짐승을 미워하는 건 그만둬야지.' 그녀는 그렇게 마음을 다잡고 남편의 취향에 맞춰 보려고 했다. 하지만 원래 참을성이 없는 그녀가 그리 오래 참을 리가 없었고, 그렇게 언짢은 마음이 조금씩 커지면서 얼굴에 드러나려던 참에 때마침 터진 일이 바로 이 초절임 사건이었다. 남편이 고양이를 기쁘게 하려는 마음에 아내가 싫어하는 음식을 밥상에 올리게 하고, 그것도 모자라 자기가 좋아하는 음식인 척 연기까지 하다니! 이것은 고양이와 아내를 저울질하면 고양이 쪽이 더 무겁다는 말이다. 애써 외면하려던 사실이 눈앞에 펼쳐지자 그녀는 이제 더는 으스댈 여지가 사라지고 말았다.

사실 시나코의 편지가 그곳으로 날아든 것은 후쿠코의 질투를 부채질한 것 같기도 하지만, 또 한편으로는 그녀의 질투가 막 폭발하기 직전에 억누르는 역할을 하기도 했다. 사실 릴리가 자꾸 끼어드는 것을 단 하루도 더는 두고 볼 수 없게 된 후쿠코는, 시나코만 가만히 있었더라면 당장에라도 남편과 담판을 지어 고양이를 그녀에게 보낼 작정이었다. 하지만 시나코가 이렇게 못된 장난을 치는 걸 보자, 순순히 그녀가 바라는 대로 들어주려고 하니 화가 치밀었다. 말하자면 남편에 대한 반감과 시나코에 대한 반감 중 어느 쪽의 감정에 따라 움직여야 할지 몰라서 이러지도 저러지도 못하게 된 것이다.

편지가 왔다고 남편에게 털어놓고 의논한다면, 사실은 그렇지 않은데도 결국 시나코의 계략에 걸려든 셈이 될 텐데, 그건 말도 안 된다. 그래서 편지 일은 일단 비밀로 해 두고 둘 중에 누가 더 얄미운지 생각해 보니, 시나코의 짓도 화가 나지만 그보다는 남편의 행동이 더 참을 수가 없었다. 특히 남편은 날마다 눈앞에 보이는지라 아무래도 더 속이 부글부글 끓었는데, 솔직히 말해 편지에서 "당신도 마음을 놓았다가는 고양이한테 밀려날지도 몰라요"라는 구절을 읽었을 때는 생각지도 못하게 가슴이 덜컥 내려앉았다. 설마 그런 바보 같은 일이 어디 있을까 하는 생각은 들었지만, 릴리만 집에서 쫓아 버리면 그런 꺼림칙한 걱정은 할 필요가 없을 것이다. 하지만 후쿠코는 그렇게 하면 시나코의 속이 후련해질 것이 너무 분해서, 고양이쯤은 좀 참는 한이 있더라도 시나코의 계략 따위에는 넘어가지 않겠다고 마음 먹었다. 그런 까닭에 후쿠코는 오늘 저녁 밥상 앞에 앉을 때까지 계속 이랬다저랬다 그런 생각만 되풀이하며 안절부절못하고 있었다. 그런데 접시 위에 점점 줄어드는 전갱이 수를 세면서, 여느 때와 다름없이 릴리에게 찰싹 들러붙어 장난치는 쇼조의 모습을 보고 있자니, 그만 불쑥 화가 치밀어 올라 남편에게 분통을 터뜨리고 만 것이다.

하지만 처음에는 그저 골탕이나 좀 먹이려는 마음에 그렇게 말했을 뿐, 사실 속으로는 릴리를 쫓아낼 생각까지는 없었던 모양이지만, 묘하게 일이 꼬이면서 결국 어쩔 수 없이 그렇게 된 데는 쇼조의 태도에 큰 잘못이 있었다. 사실 후쿠코가 화를 내는 것은 지극히 당연했기에, 쇼조로서는 티격태격 다투기보다는 그녀의 요구를 들어주는 편이 가장 좋았다. 그렇게 후쿠코가 원하는 대로 해 주었더라면 나중에는 오히려 기분이 풀려, 그렇게까지 할 필요는 없다고 말했을지도 모르는데, 그렇게 말도 안 되는 변명을 하면서 빠져나갈 생각만 한 것이다. 그것은 쇼조의 나쁜 버릇으로, 싫으면 싫다고 딱 잘라 말하면 될 텐데, 어떻게든 상대방의 화를 돋우지 않으려고 요리조리 피하다가, 결국 막다른 순간이 닥치면 휙 하고 방향을 틀어 버린다. 지금 당장에라도 그러겠다고 말할 것처럼 굴면서도 실제로는 절대 "그래"라고 말하지 않는다. 기가 약해 보여도 생각보다 끈질기고 약삭빠른 사람이라는 인상을 준다. 후쿠코는 남편이 다른 일이라면 의외로 자기가 원하는 대로 들어 주는데, 유독 이 문제만큼은 "기껏해야 고양이잖아" 하고 아무 일도 아니라는 듯이 말하면서 좀처럼 동의하지 않는 걸 보면, 릴리에 대한 애착이 상상했던 것보다 더 크다는 생각밖에 들지 않아, 이제 더는 내버려 둘 수 없겠다는 생각이 들었다.

"제발, 여보!"

그날 밤 그녀는 모기장 안으로 들어와서 또 시작했다.

"제발, 날 좀 보란 말이야."

"아아, 졸려. 이제 그만 좀 자게 해 줘."

"안 돼. 좀 전에 하던 얘기 마무리 짓지 않으면 못 잘 줄 알아."

"꼭 오늘 밤에 해야 하는 건 아니잖아. 내일 얘기해."

바깥에는 네 장의 유리문에 커튼만 쳐 놓아서 등불이 희미하게 가게 안으로 새어 들어와 사물이 어렴풋이 보이는 가운데, 쇼조는 이불을 걷어 젖힌 채 드러누워 있다가 그렇게 말하면서 아내에게 등을 돌렸다.

"당신, 그쪽으로 보지 마라니까!"

"부탁이니까 잠 좀 자게 해 줘. 어젯밤에 모기장 안에 모기가 들어와서 한숨도 못 잤단 말이야."

"그럼 내 말대로 할 거지? 빨리 자고 싶으면 결정해."

"말도 안 돼. 뭘 결정하란 말이야?"

"그렇게 어리둥절한 척하면서 시치미 떼지 마. 릴리, 줄 거야 말 거야? 지금 확실히 말해."

"내일, 내일까지 생각 좀 하게 해 줘."

그러면서 금세 기분 좋게 코를 골았다.

"제발!"

후쿠코는 벌떡 일어나 남편 옆에 다시 자리를 잡고 앉더니 엉덩이를 힘껏 꼬집었다.

"아얏! 뭐 하는 거야!"

"아니, 릴리는 날이면 날마다 할퀴어서 상처가 아물 새도 없는데, 내가 꼬집으면 아픈 거야?"

"아얏! 에잇, 그만두지 못해!"

"이 정도로 뭘 그래. 고양이가 할퀴어도 된다면 나도 온몸을 할퀴어 줄 테니까!"

"아얏, 아얏, 아얏!"

쇼조도 벌떡 일어나서 방어 자세를 취하며 연거푸 소리를 질렀다. 이층에 있는 어머니에게 들릴까 봐 큰 소리도 못 내는데, 꼬집기를 멈춘 후쿠코가 이번에는 할퀴어 댔다. 얼굴, 어깨, 가슴, 팔, 허벅지, 여기저기 가리지 않고 공격해 오는 바람에 허둥지둥하며 피할 때마다 쿵! 쿵! 하고 온 집이 흔들리며 소리가 울려 퍼졌다.

"어때?"

"제발 좀 봐 줘…… 좀 봐 달라고!"

"잠은 깼어?"

"깼어! 어이구 아파, 얼얼해……."

"그럼 지금 대답해. 어떡할 거야?"

"어이구 아파……."

그 말에는 대답하지 않고 얼굴을 찌푸린 채 여기저기를 문

지른다.

“또 그럴 거야? 시치미 떼면 알지!”

후쿠코가 두세 손가락으로 뺨을 마구 잡아당기니, 펄쩍 뛰어오를 만큼 아팠던지 쇼조가 자기도 모르게 “아얏!” 하고 우는 소리를 내는 바람에 릴리까지 깜짝 놀라서 모기장 밖으로 도망가 버렸다.

“내가 왜 이런 꼴을 당해야 하는 거지?”

“흥, 릴리를 위한 일이었으면 만족했겠지.”

“아직도 그런 바보 같은 소리를 하는 거야?”

“당신이 확실히 마음을 정하지 않으면 무슨 말이든 할 거니까. 자, 날 돌려보낼 거야, 릴리를 보낼 거야, 어느 쪽이야?”

“누가 당신을 돌려보낸다고 그래?”

“그럼 릴리를 보낼 거야?”

“그렇게 어느 쪽이라고 정하는 건 좀…….”

“안 돼, 결정해 줬으면 좋겠어.”

그러면서 후쿠코가 쇼조의 멱살을 잡고 흔들기 시작했다.

“응? 어느 쪽이야? 대답해 봐, 어서! 어서!”

“도대체 왜 이래? 사납게…….”

“오늘 밤은 무슨 일이 있어도 결정을 내려야겠어. 자, 어서! 빨리!”

"어휴, 이제 어쩔 수 없군. 알았어, 릴리를 갖다 줄게."

"정말이지?"

"정말이야."

쇼조는 눈을 꾹 감고 이제는 체념했다는 듯한 표정을 지었다.

"그 대신 앞으로 일주일만 기다려 주면 안 될까? 뭐, 이렇게 말하면 또 화낼지 모르지만, 아무리 짐승이라도 이 집에서 10년이나 같이 있었잖아. 그런데 오늘 이렇게 말했다고 지금 당장 내쫓을 수는 없잖아. 그러니까 미련이라도 안 남게 적어도 일주일은 시간을 두고, 좋아하는 것도 실컷 먹이고 할 수 있는 건 다 해서 보내고 싶어. 응, 어때? 당신도 그동안은 기분 좀 풀고 예뻐해 줘. 고양이는 앙심을 품는다잖아."

꿍꿍이속이라고는 전혀 없이 진심 어린 마음으로 차분하게 애원하니, 후쿠코도 차마 그것마저 반대할 수는 없었다.

"그럼 일주일이야."

"알았어."

"손 좀 내 봐."

"왜?"

그렇게 말하는 틈에 후쿠코는 재빨리 쇼조의 손가락에 자기 손가락을 걸어 약속하게 했다.

"엄마."

사흘이 지난 어느 날 저녁, 후쿠코가 목욕탕에 가고 집에 없는 동안 가게를 보고 있던 쇼조는 어머니를 부르면서 집 안으로 들어갔다. 그리고 혼자서 작은 밥상을 놓고 밥을 먹고 있는 어머니 곁에 가서 엉거주춤한 자세로 앉았다.

"엄마, 부탁이 좀 있는데."

어머니는 매일 아침 죽처럼 부드럽게 밥을 뚝배기에 따로 지어 식힌 다음 밥공기에 담아 소금에 절인 다시마를 얹어서 먹는데, 그 모습이 마치 밥상 위를 등으로 둥글게 뒤엎고 있는 것처럼 보였다.

"실은 말이야, 후쿠코가 갑자기 릴리가 싫다면서 시나코한테 보내 버리라는데."

"며칠 전에 엔간히 소란을 피웠잖니."

"엄마도 알고 있었어?"

"한밤중에 그런 소리가 나는데, 깜짝 놀라서 지진인가 했다. 그게 그 일 때문이냐?"

"그래. 이것 좀 봐……."

쇼조는 양팔을 내밀면서 셔츠 소매를 걷어 올렸다.

"온몸이 여기저기 긁혀서 벌겋게 부어오르고 멍투성이잖아. 여기 얼굴도 좀 봐, 아직도 흉터가 남아 있고."

"어쩌다 그 모양이 된 거냐?"

"질투지, 뭐. 고양이를 너무 예뻐한다고 말도 안 되는 질투를 하는 거야. 세상에 이런 일이 어디 있는지 정말, 제정신이 아니라니까."

"시나코도 그렇게 말했었잖아. 너처럼 그렇게 예뻐하면 누구라도 질투쯤은 할 게다."

"흠……."

어릴 때부터 어머니에게 어리광을 피우는 버릇이 있는 쇼조는 나이가 들어도 여전히 그 버릇을 못 버리고, 아이가 떼를 쓰듯 콧구멍을 벌름거리면서 자못 못마땅하다는 듯이 말했다.

"엄마는 후쿠코 이야기만 하면 항상 그 사람 편만 들어."

"그렇지만 얘야. 시집온 지 얼마 되지도 않은 색시 생각은 안 하고 다른 것만 아껴 주면 고양이든 사람이든 속상한 게 당연하잖니."

"그건 아냐. 난 늘 후쿠코를 생각한다고. 가장 소중하게 여긴다니까."

"그게 사실이라면 조금 무리한 부탁이라도 들어줘라. 나도 며느리한테 그 얘기 들었다."

"언제?"

"어제 그렇게 말하더구나. 릴리하고 함께 있는 걸 더는 못 참겠으니, 대엿새 후에 시나코한테 보내기로 이미 단단히 약속했다고 하던데, 사실이냐?"

"바로 그거야. 약속은 했는데, 어떻게 좀 슬쩍 넘어갈 수 있게 잘 좀 말해 주면 안 돼? 엄마한테 그걸 부탁하려는 거야."

"그래도 약속대로 안 하면 친정으로 돌아갈 거라는데."

"겁주는 거야, 그런 말은."

"겁주려고 그러는지는 모르겠다만, 그렇게까지 말하는데 좀 들어주면 어떠냐? 또 소란을 피울 텐데, 약속을 어기면."

쇼조는 시큰둥한 표정으로 입을 삐죽거리면서 고개를 숙였다. 어머니에게 잘 설득해 달라고 부탁해 후쿠코를 달래려는 속셈이었는데, 완전히 빗나가 버린 것이다.

"그 아이가 성격이 그러니 정말로 집을 나가 버릴지도 모르잖니. 그것도 그렇지만 그쪽 집에서, 아내는 내팽개쳐 두고 고양이만 예뻐하는 집안에 딸을 줄 수는 없다고 하기라도 하면 어쩔 테냐? 너보다 내가 곤란해지잖아."

"그럼 엄마도 릴리를 내쫓으란 말이야?"

"어쨌든 며늘아기 기분 풀리도록 일단 시나코한테 보내렴.

그러다가 기회를 봐서 마음이 누그러졌다 싶을 때 다시 찾아 오면 되잖아."

일단 보낸 것을 상대방이 돌려줄 리도 없을뿐더러, 돌려준다 한들 받지도 못한다는 것을 어머니도 잘 알고 있었다. 하지만 쇼조가 어린아이처럼 어머니에게 떼를 쓰듯이, 어머니도 눈에 뻔히 보이는 말로 달래며 어린아이 다루듯 쇼조를 조종하는 버릇이 있었다. 그리고 결국에는 항상 자기가 원하는 대로 아들을 움직였다.

젊은이들은 벌써 서지(serge)를 입기 시작한 무렵인데도, 그녀는 얇은 솜을 넣은 진베•를 겹옷 위에 걸쳐 입고, 메리야스 버선을 신었다. 자그마한 몸집에다 야위어서 삶의 기력이 다 사라져 버린 늙은이처럼 보이지만, 머리 회전이 의외로 빠르고 말이나 행동에 실수가 없어 주위에서는 "나이 든 엄마가 아들보다 더 또록또록하다"라는 평판을 들었다. 시나코가 쫓겨난 것도 사실은 그녀가 뒤에서 조종해서 그렇게 되었을 뿐, 쇼조는 여전히 시나코에게 미련이 있었다고 말하는 사람도 있다. 주위에는 이런저런 이유로 쇼조의 어머니를 미워하는 사람들이 많아, 대체로 사람들의 동정은 시나코 쪽으

• 집에서 입는 소매가 짧은 겉옷.

로 기울었다. 하지만 오린의 말로는, 아무리 시어머니의 마음에 안 드는 며느리라고 해도 아들이 좋아한다면 나갈 리도 없을 뿐더러 내쫓을 수도 없다며, 역시 그렇게 된 것은 쇼조가 시나코에게 싫증이 났기 때문이라는 것이다. 과연 그것도 맞는 말이지만, 그래도 오린과 후쿠코의 아버지가 거들지 않았더라면, 쇼조 혼자서는 아내를 못살게 굴다가 내쫓을 만한 용기가 없었다는 것은 틀림없는 사실이었다.

시어머니와 시나코는 왠지 모르지만 처음부터 사이가 좋지 않았다. 지기 싫어하는 성격의 시나코는 꾸지람을 듣지 않으려고 조심조심하면서 성심껏 시어머니를 모셨지만, 오히려 그런 식으로 빈틈없이 구는 모습이 시어머니의 신경에 거슬렸다. 오린은, 우리 집 며느리는 어디 딱 꼬집어 나쁜 데는 없지만 왠지 가족이 돌봐 준다는 느낌이 안 든다며, 그것은 진심으로 어른을 돌보려는 따뜻한 정이 없어서 그렇다는 말을 자주 했다. 며느리나 시어머니나 둘 다 똑 부러지는 성격인데, 그것이 불화의 원인이 된 것이다. 그래도 1년 반 동안은 겉으로 보기에 별일 없이 잠잠했지만, 그 뒤로 오린이 며느리를 탐탁지 않게 여기게 되면서, 이마즈에 있는 오빠네 집, 즉 쇼조의 큰아버지, 나카지마 집에 머무르며 이틀이고 사흘이고 돌아오지 않았다. 너무 오래 머무른다 싶어 어떻게 지내는지 시나코가 보러 가면, 오린은 “너는 돌아가고 날 데려가려면 쇼조를 보내거라”라고 말했다. 그래서 쇼조가 찾아가면 큰아버지에 후쿠코까지 거들어 쇼조를 못 가게 말리면서 밤이 되어도 돌려보내 주지 않았다. 거기에는 뭔가 꿍꿍이속이 있는 것 같다고 쇼조도 어렴풋이 눈치를 챘다. 하지만 고시엔 야구든, 해수욕이든, 한신 공원이든, 후쿠코가 가자는 대로 어디든 어슬렁어슬렁 따라다니며 태평하게 즐기는 사이에 결국 후쿠코와 묘한 사이가 되어 버렸다.

큰아버지는 과자를 제조하고 판매하는 일을 했는데, 이마즈에 작은 공장이 있을 뿐 아니라 국도를 따라 셋집을 대여섯 채 짓기도 하는 등 부유하게 살았지만, 후쿠코 때문에 어지간히 애를 먹었다. 어머니가 일찍 세상을 떠서 그럴지도 모르지만, 후쿠코는 2년 동안 다니던 여학교를 그만둘 수밖에 없는 이유가 있었는지, 아니면 제멋대로 그만둔 건지는 몰라도 학교를 도중에 그만둬 버렸다. 그리고 그 뒤로는 어디에 있든 진득하니 눌러앉아 있지 못했다. 집을 나간 적도 두 번쯤 있었는데, 고베의 신문에 실리는 바람에 시집을 가려고 해도 받아들이겠다는 집안이 좀처럼 없었다. 게다가 본인 역시 갑갑한 집안에는 시집가고 싶어 하지 않았다. 이래저래 후쿠코의 아버지는 어떻게든 빨리 혼인을 시켜야겠다는 마음에 초조해했고, 그런 사정을 눈여겨 본 사람이 바로 오린이었다. 후쿠코는 자기 딸이나 다름없는 아이로 성품도 잘 알고 있기에 흠이 있다고 해도 별문제가 안 되고, 품행이 나쁜 거야 문제이긴 하지만 이제는 슬슬 사리를 분별할 수 있는 나이도 됐으니 남편이 생기면 설마 바람을 피우지는 않을 것이다. 게다가 그런 것이 그다지 중요한 문제가 아닌 이유는 이 딸이 국도변에 지은 셋집 두 채를 물려받아 거기서 나오는 집세가 63엔이나 되기 때문이다. 오린의 계산대로라면, 아버지가 그것을 후쿠코 명의로 바꾼 것이 2년도 더 전이니까 그 적립금이 원금만 해도 1512엔이 된다. 그만한 돈을 지참금으로 가져오는 것은 물론, 매달 들어오는 63엔을 은행에 넣어 두면 꽤 큰 재산이 되는데, 오린이 노린 것은 바로 그것이었다.

그렇다고 해도 그녀는 나이가 들어 살날이 얼마 남지 않은 몸이라 욕심을 부린들 소용이 없었지만, 변변찮은 쇼조가 앞으로 어떻게 삶을 견디고 살아갈까 하는 생각만 하면 마음 편히 죽을 수도 없었다. 어쨌든 아시야의 옛 국도는 한큐전철•이 개통되고 새 국도가 생긴 뒤로는 해마다 쇠퇴해지고

• 오사카와, 고베, 다카라즈카, 교토를 각각 잇는 철도 노선이다.

있어서, 이런 곳에서 잡화점을 하며 계속 생업을 이어가기가 여의치 않았다. 하지만 그렇다고 어디 다른 데로 옮기려면 이 가게를 팔고 나가야 할 텐데, 설령 팔고 나간다 해도 어디서 뭔가를 시작할 수 있으리라는 가망도 없었다. 쇼조는 그런 일에는 천성적으로 천하태평인 남자로, 가난을 걱정하기는커녕 장사에도 전혀 신경을 쓰지 않았다. 그는 열서너 살 무렵에 야학에 다니면서 니시노미야에 있는 은행에서 심부름꾼으로 일했고, 아오기 골프 연습장에서 캐디로도 일하다가, 어느 정도 나이가 찬 뒤로는 주방 보조로 일하기도 했다. 하지만 어디를 가든 오래 붙어 있지 못하고 게으름만 피우다가, 아버지가 세상을 뜬 뒤에 이곳 잡화점의 주인으로 자리를 잡게 되었다. 그래도 사내대장부라면 가게 일은 어머니에게 맡겨 두고 뭐라도 직업을 구하면 좋을 텐데, 국도 옆에 카페를 차리고 싶다며 작은아버지에게 돈을 빌려 달라고 했다가 꾸중을 들은 일을 제외하면, 고양이를 예뻐하고 당구를 치고 분재를 가꾸고 싸구려 카페 여종업원과 장난치는 것 말고는 달리 아무 일도 하고 싶어 하지 않았다.

그러다가 지금으로부터 햇수로 4년 전, 스물여섯 살이 되던 해에 쇼조는 다다미 가게를 하는 쓰카모토의 중매로, 고급 주택가인 야마아시야의 한 저택에서 더부살이로 지내던 시나코를 아내로 맞아들였는데, 그때부터 장사가 점점 더 힘들어져 매달 돈을 변통하는 데 애를 먹었다. 그래도 그의 아버지 대(代)부터 아시야에서 살아온 덕에 오래 알고 지내는 사람들이 있어 한동안은 무리한 요구도 통했지만, 평당 15전의 지대(地代)가 2년 가까이 밀려 백이삼십 엔까지 되고 나니 아무래도 갚을 가망이 보이지 않았다. 결국 더는 쇼조를 믿고 의지할 수 없겠다고 생각한 시나코가 삯바느질을 하며 생계를 꾸려 갔다. 그리고 그것도 모자라, 더부살이하면서 애써 모은 돈으로 근근이 마련해 온 세간살이마저 처분하는 바람에 살림살이가 눈 깜짝할 사이에 줄어들고 말았다. 그런 까닭에 이제 와서 며느리를 내쫓는다는 것은 무자비하기도 하고, 이웃들의 동정 역시 당연히 시나코 쪽에 쏠려 있었지만, 큰일을 위해서라면 약간의 희생은 감수해야 한다고 생각한 오린에게, 시나코에게 아이가 없다는 점은 트집을 잡기에 좋은 구실이었다. 게다가 후쿠코의 아버지로서도 딸을 시집보낼 수 있는 데다 사촌 집안을 도울 수도 있으니 일거양득이겠다고 생각한 것이 오린의 공작을 더욱 부채질한 것이다.

그런 이유로 후쿠코가 쇼조와 은밀한 관계를 맺게 된 데에는 그녀의 아버지와 오린이 중간에서 다리를 놓은 것이 틀림없지만, 설령 그런 일이 없었더라도, 쇼조는 대체로 누구에게나 호감을 주는 성격이었다. 특별히 얼굴이 잘생기지는 않았지만, 나이가 들어도 여전히 어린아이 같은 구석이 있는 데다 다정하고 상냥해서 그런지도 모른다. 캐디로 일했을 때는 골프장에 오는 신사들과 부인들의 귀여움을 독차지해, 우란분재(盂蘭盆齋)• 때나 연말이면 누구보다도 선물을 많이 받았다. 또, 카페 같은 곳에서도 의외로 인기가 많아, 얼마 되지 않는 돈으로도 오래 놀다 오는 법을 터득했다. 그 덕에 빈둥빈둥 게으름을 피우는 버릇이 든 것이다.

어쨌든 오린으로서는 이런저런 계략으로 지참금이 딸린 귀한 며느리를 겨우겨우 집안에 들였으니, 행실이 얌전하지 않은 며느리가 도망가 버리지 않도록 아들과 함께 온갖 비위를 맞춰 주려고 애를 썼다. 그러니 애초부터 고양이 따위는 어떻게 되든 상관없었다. 게다가 사실 오린도 내심 고양이에게 질려 있던 참이었다. 원래 릴리라는 고양이는, 고베의 양식당에서 일하며 숙식을 해결하던 쇼조가 집에 돌아왔을 때 함께 데려온 것인데, 이 고양이 때문에 온 집 안이 말도 못 하게 더러워진 것이다. 쇼조 말로는 이 고양이는 절대 배설물을 흘리지 않고 볼일을 볼 때는 꼭 모래 상자에 들어간다고

• 음력 7월 15일에 절에서 행하는 불교 행사로 백중이라고도 불린다.

한다. 그 점은 참으로 감탄할 만하다. 하지만 집 밖에 있다가도 모래 상자에 들어가려고 일부러 다시 들어오는 바람에, 모래 상자가 무척 더러워져 온 집 안이 악취로 가득 찬다. 게다가 꼬리 끝에 모래를 묻히고 돌아다니니 다다미방이 온종일 버석버석한다. 비라도 오는 날에는 냄새가 더 강하게 배여 숨이 턱턱 막힌다. 또, 바깥에서 질척한 땅을 걷다가 그대로 들어와서 고양이 발자국이 여기저기 찍힌다.

그뿐 아니라 쇼조는 이 고양이가 문이든, 미닫이든, 장지문이든, 손잡이 부분만 있으면 사람과 똑같이 열 수 있다며, 이렇게 영리한 고양이는 보기 드물다고 한다. 하지만 문을 열기만 했지 닫는 법을 모르는 짐승의 어설픈 지혜 덕분에, 추운 날에는 일일이 고양이의 뒤를 따라다니며 문을 닫아야 한다. 그뿐이라면 괜찮겠지만 그 때문에 장지문은 구멍투성이이고, 미닫이나 널빤지 덧문은 온통 발톱 자국이다. 또 다른 문제는 날것이든, 찐 것이든, 구운 것이든, 음식을 깜빡하고 어디 놓아두지 못하는 것이다. 잠깐이라도 한눈을 팔면 그새 먹어 버리기 때문에, 밥상을 차리는 그 짧은 동안에도 일단 찬장이나 밥상보 안에 넣어 두어야 한다. 아니, 그보다 더 심각한 문제는 이 고양이가 엉덩이 쪽 처리는 잘할지 몰라도 입 쪽은 그렇지 못해 가끔가다 구토를 하는 것인데, 쇼조가 그 밥상머리 곡예에 빠져 마냥 던져 주는 생선을 너무 많이 먹어 버린 탓이다. 저녁 식사가 끝나고 밥상을 치우면 주위에 털이 잔뜩 떨어져 있고, 먹다 남은 생선 대가리와 꼬리가 아무렇게나 흩어져 있다.

시나코가 시집오기 전까지 부엌일이나 청소를 전부 도맡아 했던 오린은 릴리 때문에 적잖이 애를 먹었지만, 지금껏 참아왔던 것은 한 가지 이유에서였다. 대략 5~6년쯤 전에 쇼조를 억지로 설득해서 고양이를 아마가사키의 채소 가게에 보낸 적이 있었다. 그런데 무려 한 달이나 지난 어느 날, 고양이가 느닷없이 홀로 아시야 집으로 돌아온 것이다. 개라면 희한할 것도 없겠지만, 고양이가 전 주인을 그리워해서 5~6리 길을 되돌아오다니 참으로 기특하다는 생각에, 그날 이후로 쇼조는 전보다 갑절로 고양이를 예뻐했다. 오린 역시 가여운 마음이 생겼는지, 아니면 조금 께름칙하다는 느낌이 들었는지, 그 일이 있고 난 뒤로는 더 이상 아무 말도 하지 않았다. 그리고 시나코가 시집온 뒤로 오린에게 릴리는 며느리를 못살게 구는 데 유용한 존재였기 때문에 (그것은 후쿠코도 마찬가지였다) 가끔은 릴리에게 다정한 말 한마디쯤 건네기도 했다. 그런데 그런 어머니마저 느닷없이 후쿠코 편을 들자 쇼조는 참으로 어이가 없었다.

"하지만 릴리를 보낸다고 해도 또 돌아올 거야. 아마가사키에 보냈을 때도 어떻게든 돌아온 고양이니까."

"그렇긴 해도 아예 모르는 사람한테 주는 것도 아니니까 이번엔 어찌 될지 모르잖니. 또다시 돌아오면 그땐 집에 두면 되잖아. 어쨌든 일단 한번 보내 봐."

"아아, 어떡하지. 안 되는데."

쇼조는 연신 한숨을 내쉬며 좀 더 떼를 써 보려고 했지만, 때마침 밖에서 발소리가 나더니 후쿠코가 목욕탕에서 돌아왔다.

"쓰카모토, 알겠나? 이거, 최대한 조심해서 들고 가야 하네. 막 흔들면 안 돼. 고양이도 멀미하거든."

"그렇게 몇 번이나 말 안 해도 잘 알고 있어."

"그리고 이거."

쇼조는 신문지에 싼 작고 납작한 꾸러미를 건넸다.

"사실은 이제 마지막이니까 잘 보내고 싶은 마음에 뭐라도 맛있는 음식을 먹이고 싶은데, 바구니 안에 들어가기 전에 뭘 먹으면 속이 무척 거북할 거야. 그래서 말인데, 이 고양이가 닭고기를 좋아해 내가 사와서 손수 푹 고았으니, 거기 도착하면 시나코한테 바로 먹이라고 전해 주지 않겠나?"

"알았네. 무사히 잘 데려갈 테니까 마음 푹 놓게. 그럼 이제 더 필요한 건 없지?"

"아, 잠깐 기다려 주게."

그러더니 쇼조는 바구니 뚜껑을 열고 다시 한 번 고양이를 들어 올려 꼭 끌어안았다.

"릴리야."

그렇게 부르며 뺨을 비벼 댔다.

"너, 이제 거기 가면 말 잘 들어야 한다. 거기 있는 그 사람, 이제 옛날같이 괴롭히거나 하지 않고 많이 아껴 줄 테니까 조금도 무서워하지 마. 응, 알았지?"

품에 안기는 게 싫은 릴리는 쇼조가 너무 세게 끌어안는 바람에 다리를 바동바동했다. 하지만 바구니 안으로 다시 들어간 뒤로는 여기저기 두세 번 발로 툭툭 밀어 보기만 할 뿐, 암만해도 나갈 수 없겠다고 체념이라도 한 듯 갑자기 얌전해졌는데, 그 모습이 더한층 애처로움을 자아냈다.

쇼조는 국도의 버스 정류장까지 바래다주고 싶었다. 하지만 오늘부터 당분간 목욕탕에 갈 때가 아니면 한 발짝도 밖으로 나가면 안 된다고 아내가 단단히 일렀기 때문에, 쓰카모토가 바구니를 들고 나간 뒤에 온 힘이 다 빠진 듯 우두커니 가게에 앉아 있었다. 후쿠코가 외출을 금지한 이유는 릴리가 어떻게 지내는지 신경이 쓰인 나머지 쇼조가 그만 시나코 집 근처까지 갈지도 모른다고 생각했기 때문인데, 실은 쇼조 자신도 그런 걱정을 하기는 했다. 이 눈치 없는 부부는 고양이를 보내 버리고 나서야 비로소 시나코의 진짜 속내가 무엇인지 조금씩 알게 된 것이다.

'정말로 릴리를 미끼로 삼아 날 불러들일 셈이었나? 내가 그 집 근처를 어슬렁거리며 돌아다닐 때 붙잡아서 설득이라도 하려는 건가?' 거기까지 생각이 미치자 쇼조는 시나코의 음험한 속셈이 괘씸했고, 그런 계략의 도구로 사용된 릴리가 더더욱 애처로웠다. 단 하나의 희망은 릴리가 아마가사키에서 되돌아왔을 때처럼, 한큐전철의 롯코역 부근에 있는 시나코의 집에서 도망쳐 오지 않을까 하는 것이었다. 사실 쓰카모토는 물난리가 난 뒤로 일이 많이 바빠져서 밤에 고양이를 데리러 오겠다고 말했지만, 쇼조는 혹시 날이 밝을 때 데려가면 고양이가 길을 익힐 수 있어 나중에 쉽게 도망쳐 올 수도 있겠다는 생각에 아침에 보낸 것이다.

쇼조는 예전에 릴리가 아마가사키에서 돌아온 날 아침이 지금도 기억이 난다. 가을이 중반쯤 접어든 무렵의 어느 날, 희뿌옇게 동이 트려고 할 때였다. 자고 있던 쇼조는 "야옹", "야옹" 하는 귀에 익은 소리에 잠이 깼다. 그때는 아직 결혼

하기 전이라 쇼조는 위층에서, 어머니는 아래층에서 자고 있었다. 아직 이른 아침이라 덧문이 닫혀 있는데도 바로 가까이에서 "야옹", "야옹" 하는 고양이 우는 소리가 비몽사몽간에 들려왔는데, 아무래도 릴리의 울음소리처럼 들려 어쩔 줄을 몰랐다. 한 달도 더 전에 아마가사키에 보냈으니 지금 여기 있을 리가 없는데도, 들으면 들을수록 비슷했다. 뒤쪽 함석지붕 위를 타닥타닥하고 지나가는 소리가 들리더니 금세 창문 바깥에까지 온 것 같아, 뭔지 한번 알아보자는 생각에 벌떡 일어나 창의 덧문을 열어 보니, 바로 코앞에 있는 지붕 위를 왔다 갔다 하는 것은 몹시 야위기는 했지만 틀림없는 릴리였다. 쇼조는 자신의 눈을 의심하며 불렀다.

"릴리!"

그러자 릴리가 대답했다.

"야옹."

그러면서 그 커다란 눈을 자못 기쁘다는 듯이 한껏 크게 뜨며 올려다보더니 쇼조가 서 있는 창 바로 아래에까지 다가왔지만, 손을 뻗어 안으려고 하자 몸을 획 돌려 피하고는 두세 자• 쯤 저편으로 도망갔다. 그래도 절대 멀리는 가지 않았다.

• 한 자는 약 30센티미터.

"릴리!"

쇼조가 불렀다.

"야옹."

릴리가 대답하며 다가왔다. 고양이를 붙잡으려고 하면 다시 스르르 손안에서 빠져나가 버렸다. 쇼조는 고양이의 그런 성질이 참을 수 없을 만큼 사랑스러웠다. 일부러 돌아올 정도라면 옛집이 무척이나 그리웠을 텐데, 그렇게 그리워하던 집에 도착해 오랜만에 주인 얼굴을 봤으면서도 안으려고 하면 도망가 버린다. 그것은 사랑받으며 어리광을 부리는 모습 같기도 하고, 한동안 못 봐서 조금은 쑥스러워하는 것 같기도 하다. 릴리는 그렇게 이름이 불릴 때마다 "야옹" 하고 대답하면서 지붕 위를 어슬렁거렸다. 쇼조는 릴리가 야윈 것을 금세 알아차렸는데, 찬찬히 살펴보니 한 달 전보다 털의 윤기가 많이 빠져 있을 뿐 아니라 목이나 꼬리 주변은 진흙투성이인 데다가 군데군데 억새풀 이삭 따위가 붙어 있었다. 릴리를 데려간 채소 가게 주인도 고양이를 좋아한다는 말을 들었기 때문에 학대받았을 리는 없을 테니, 이건 분명 고양이 한 마리가 아마가사키에서 이곳까지 혼자서 길을 더듬어 가며 돌아오는 도중에 겪은 고생을 말해 주는 것이었다. 이 시각에 이곳에 도착했다는 것은 분명 전날 밤 내내 쉬지 않고 걸었다는 것일 텐데, 어쩌면 하룻밤이 아니라 며칠 밤을, 그러니까 아마도 며칠 전에 채소 가게에서 도망쳐 나와 이리저리 길을 헤매다가 마침내 여기까지 왔을 것이다. 고양이가 인가가 이어진 마을 길을 쭉 걸어오지 않았다는 것은 억새풀 이삭을 보아도 알 수 있었다. 그렇지 않아도 고양이는 추위를 잘 타는 짐승인데 아침저녁으로 부는 바람이 얼마나 몸속에 사무쳤을까. 게다가 요즘은 한 차례씩 비가 내리다가 그치는 일이 잦은 계절이기도 해서 필시 비를 맞고 풀숲으로 들어가기도 하고, 개에게 쫓겨 논에 숨기도 하면서 근근이 끼니를 이어가며 길을 걸어왔던 것이다.

그런 생각을 하니 어서 끌어안고 쓰다듬어 주고 싶어져 몇 번이나 창밖으로 손을 내밀었는데, 그러는 사이에 릴리도 쑥스러워하면서 조금씩 몸을 비비며 다가와 주인이 원하는 대로 몸을 맡겼다.

쇼조는 릴리가 일주일쯤 전부터 아마가사키에서 자취를 감추었다는 것을 나중에 알게 되었는데, 지금도 그날 아침의 울음소리와 표정을 잊을 수가 없다. 그뿐만이 아니라 이 고양이에 관한 이야기는 이것 말고도 여러 가지가 있는데, 이런 표정을 지었다는 둥 그런 울음소리를 냈다는 둥 여러 모습이 기억에 남아 있다. 예를 들어 쇼조는 처음에 이 고양이를 고베에서 데려온 날을 또렷이 떠올릴 수 있었다. 그날은 마지막으로 더부살이로 일하던 신코켄이라는 가게에서 휴가를 얻어 아시야에 돌아왔을 때로 그가 딱 스무 살이던 해였는데, 다시 말해 그의 아버지가 세상을 뜬 지 49일째가 되는 날이었다. 그 전에 쇼조는 삼색 얼룩 고양이를 한번 키운 적이 있는데, 그 고양이가 죽자 '구로'라고 부르던 새까만 수컷 고양이를 가게 주방에서 키우고 있었다. 그러다가 그곳에 자주 들락날락하던 정육점 주인이 유럽종의 귀여운 고양이가 있다기에 생후 3개월밖에 안 된 암컷 새끼 고양이를 받아 온 것이 바로 릴리였다. 그리고 휴가를 얻어 집에 올 때도 구로는 그대로 주방에 두고 왔지만, 새끼 고양이는 손에서 떼 놓기가 안쓰러워 바구니에 넣어 어느 상점의 손수레 한구석에 싣고 아시야 집으로 데려왔다.

고깃집 주인의 말로는 영국 사람은 이렇게 털이 가지런히 나 있는 고양이를 거북등무늬 고양이라고 부른다는데, 갈색 바탕에 선명한 검은색 반점이 온몸에 퍼져 있고, 또 윤기가 흘러 반짝반짝 빛나는 모습을 보면 과연 잘 닦아 놓은 거북 등딱지의 표면을 닮았다. 무엇보다 쇼조는 지금껏 이토록 가지런한 털을 가진 근사하고 사랑스러운 고양이를 키운 적이 없었다. 대체로 유럽종의 고양이는 어깨선이 치켜 올라가 있는 일본 고양이와 달리, 어깨선이 촉 처진 미인처럼 깔끔하고 세련된 느낌이다. 얼굴도 일본종 고양이는 보통 길쭉하고 눈 밑이 푹 꺼져 있거나 광대뼈가 툭 튀어 나와 있지만, 릴리의 얼굴은 짤막하고 꽉 차 있어 마치 대합을 뒤집어 놓은 듯한 모양의 또렷한 윤곽 안에, 크고 멋진 아름다운 금색 눈동자와 신경질적으로 씰룩거리는 코가 붙어 있었다.

하지만 쇼조가 이 고양이에게 마음이 끌린 것은 그런 가지런한 털이나 얼굴, 몸의 생김새 때문은 아니었다. 만약 생김새로만 따진다면 페르시아고양이나 샴고양이가 더 예쁘다는 건 쇼조도 알고 있었지만, 릴리는 성격이 너무나 사랑스러웠다. 처음에 아시야에 데려왔을 때는 너무 자그마해서 손바닥 위에 올려놓을 수 있을 정도였는데, 장난을 치고 응석을 부리는 모습이 영락없이 일고여덟 살 난 소녀, 그러니까 한창 장난치기 좋아하는 소학교 1~2학년쯤 된 여자아이 같은 느낌이었다. 그리고 그때는 지금보다 몸이 훨씬 가벼워, 밥을 먹을 때 먹이를 머리 위에서 어른어른 흔들면 서너 자 높이까지 뛰어오를 수 있었고, 또 앉아 있으면 바로바로 덤벼드는 통에 한창 식사하는 중에도 종종 일어서서 먹어야 했다. 쇼조는 그때부터 그런 식으로 곡예를 부려, 젓가락 끝으로 집은 음식을 석 자, 넉 자, 다섯 자, 여섯 자 높이로 들어 올리며 릴리가 달려들 때마다 점점 더 위로 올렸는데, 그러면 릴리는 마침내 무릎으로 달려들거나 가슴이나 어깨로 날쌔게 뛰어올라, 대들보를 지나가는 쥐처럼 어깨를 타고 젓가락 끝에까지 가고는 했다. 어떨 때는 가게의 커튼으로 뛰어올라 천장까지 줄줄 타고 올라가 한쪽 끝에서 다른 쪽 끝으로 건너갔다가 다시 커튼을 붙잡고 내려왔는데, 그런 동작을 물레방아처럼 되풀이했다.

게다가 어릴 때부터 표정이 무척 또렷했다. 눈, 입가, 콧방울의 움직임이나 숨 쉬는 법 같은 것으로 기분의 변화를 나타내는 것을 보면 사람과 조금도 다름이 없었다. 그중에서도 특히 크고 또랑또랑한 눈동자는 언제나 활발하게 움직였고, 어리광을 부릴 때든, 장난을 칠 때든, 또 뭔가를 노리고 달려들 때든, 뭘 하더라도 귀여움을 잃지 않았다. 가장 귀여울 때는 뾰로통해 있을 때인데, 몸도 자그마한 주제에 그래도 고양이라고, 등은 동그랗게 하고 털은 곤두세우고 꼬리는 착 추어올리며 발에 힘을 주고 딱 버틴 채 가만히 노려보는 모습은 마치 아이가 어른 흉내를 내는 것 같아, 보는 사람마다 미소를 짓고 말았다.

또 쇼조는 릴리가 처음으로 새끼를 낳았을 때의 애원하는 듯한 다정한 눈길을 잊을 수가 없었다. 아시야로 데려온 지

반년쯤 지났을 때의 일이다. 어느 날 아침, 산기를 느낀 릴리가 야옹야옹하고 계속 울면서 그의 뒤를 따라 다녔다. 쇼조는 사이다 상자에 낡은 방석을 깔아 벽장 안쪽에 놓아두고, 릴리를 안고 그곳으로 데려갔다. 릴리는 잠깐 상자 안에 있더니 금세 장지문을 열고 나와 다시 울면서 쫓아다녔다. 그 울음소리는 그가 여태껏 들어 본 적이 없는 소리였다. "야옹" 하고 울기는 했지만, 그 "야옹" 속에는 지금까지의 "야옹"에는 없던 묘한 의미가 담겨 있었다. 굳이 말하자면, "아아, 어떡하면 좋지? 뭔지 모르지만 갑자기 몸이 이상해. 이상한 일이 일어날 것만 같은 느낌이야. 이런 기분은 아직 느껴 본 적이 없어. 어떻게 된 거지? 걱정 안 해도 될까?" 하고 말을 거는 것처럼 들렸다.

"걱정 안 해도 돼. 넌 이제 곧 엄마가 되는 거야."

쇼조가 그렇게 말하며 머리를 쓰다듬어 주면, 앞발을 무릎에 얹고 매달리듯이 달라붙었다.

"야옹."

릴리는 울면서 그의 말을 열심히 이해하려고 애쓰기라도 하듯이 눈동자를 이리저리 굴렸다. 쇼조는 다시 벽장 안으로 안고 가서 상자 속에 넣어 주며 말했다.

"괜찮아? 여기 얌전히 있어. 나오면 안 돼. 응? 알았지?"

그렇게 차분하게 타이른 다음 장지문을 닫고 일어서려고 하면 "기다려 줘, 제발 거기 있어 줘" 하고 말하는 것처럼 "야옹" 하고 구슬프게 울었다. 그러면 쇼조도 그만 그 소리에 이끌려 살짝 문을 열고 들여다보았는데, 고리 상자며 보자기 꾸러미며 이런저런 물건들이 쌓여 있는 벽장의 맨 안쪽 구석에 놓아둔 상자 안에서 릴리가 머리를 쏙 내밀고 울면서 이쪽을 바라보고 있었다.

"야옹."

짐승인데도 어찌 저리 다정한 눈매를 하고 있을까, 하고 그때 쇼조는 생각했다. 참으로 묘하지만, 벽장 안 어두컴컴한 속에서 반짝반짝 빛나는 그 눈은 이제 더는 장난꾸러기 새끼 고양이의 눈이 아니었다. 그것은 뭐라 말로 표현할 수 없을 만큼 아양과 교태와 애수를 가득 담은, 어엿한 한 마리 암컷의 눈빛을 띠고 있었다. 그는 여자가 아이를 낳는 모습을 본 적은 없지만, 젊고 아름다운 여자가 아이를 낳는다면 분명 이처럼 원망 어린 애절한 눈빛으로 남편을 부를 것이라는 생각이 들었다. 그는 몇 번이나 장지문을 닫고 갔다가 다시 돌아와 들여다보았는데, 그때마다 릴리도 상자에서 머리를 내밀고, '까꿍' 할 때 아기가 보듯이 쇼조를 바라보았다.

그것이 벌써 10년도 더 전의 일이 되었다. 게다가 시나코가 시집온 것이 겨우 4년 전이니, 그때까지 6년이라는 세월을 쇼조는 아시야 집 이층에서 어머니 말고는 오로지 이 고양이와 함께 지내며 살아온 것이다. 그래서 고양이의 성질을 모르는 사람이 고양이는 개보다 정이 없다는 둥, 애교가 없다는 둥, 이기적이라는 둥 하는 말을 들을 때면, 자기만큼 오랫동안 고양이와 단둘이서 지내본 경험도 없으면서 어떻게 고양이의 사랑스러움을 알 수 있을까, 하는 생각이 항상 들었다. 왜 그런가 하면, 모든 고양이는 조금씩 수줍어하는 구석이 있어서 다른 사람이 보는 앞에서는 절대 주인에게 어리광을 피우지 않을뿐더러, 희한하게도 데면데면하게 군다. 릴리도 어머니가 보고 있을 때는 불러도 모른 척 시치미를 떼기도 하고 도망가 버리기도 하지만, 둘이 마주 보고 있을 때는 이름을 부르지도 않았는데 자기가 먼저 무릎에 올라와 간살맞게 굴었다. 릴리는 종종 쇼조의 얼굴에 이마를 갖다 대고 머리를 통째로 힘껏 들이밀었다. 그러면서 가슬가슬한 혀끝으로 뺨이며 턱이며 콧등이며 입가며 어디든 가리지 않고 핥아 댔다.

밤이 되면 꼭 쇼조 옆에서 잠을 잤고, 아침이 되면 잠을 깨워 주었다. 잠을 깨울 때는 온 얼굴을 핥으며 깨웠다. 추울 때는 베개 쪽에서 이불을 들치고 파고들었다. 편안하게 잠들

수 있는 빈틈을 찾을 때까지 품 안으로 들어올 때도 있고, 가랑이 사이로 가 보거나 등 뒤로 돌아가기도 했다. 그러면서 마침내 어느 한 장소에 자리를 잡았나 싶다가도, 조금만 불편하면 금세 또 자세나 위치를 바꾸었다. 결국 쇼조의 팔에 머리를 얹고 가슴에 얼굴을 대고 마주 보면서 자는 것이 가장 편했던 모양이다. 혹시 쇼조가 조금이라도 몸을 뒤척이면, 잠자리가 변했다고 느꼈는지 그때마다 몸을 꾸물꾸물 움직이거나 다른 틈새를 찾거나 했다. 그래서 쇼조는 릴리가 들어오면 한쪽 팔을 베개 삼아 빌려준 채, 될 수 있는 한 움직이지 않고 얌전히 잠들어야만 했다. 그때 고양이가 가장 기분 좋아하는 곳인 목 부분을 다른 손으로 쓰다듬어 주면 릴리는 금방 가르릉 가르릉 하고 소리를 내면서 그의 손가락을 깨물기도 하고 발톱으로 긁거나 침을 흘렸는데, 그런 모습은 릴리가 흥분했을 때 보이는 몸짓이었다.

한 번은 쇼조가 이불 안에서 방귀를 뀐 적이 있었다. 이불 위에서 자고 있던 릴리는 깜짝 놀라 눈을 뜨더니, 뭔가 기이한 울음소리를 내는 수상한 녀석이 아래쪽에 숨어 있다고 생각했던지, 자못 의심스럽다는 눈으로 허둥지둥 이불 속을 살폈다. 또 한 번은 싫다고 하는 릴리를 억지로 안으려고 하는데, 손안에서 빠져나간 릴리가 몸을 타고 밑으로 내려가려는 순간, 어마어마하게 구린 가스가 쇼조의 얼굴 쪽으로 뿜어져 나온 적도 있었다. 그때는 릴리가 밥을 먹고 난 뒤였는데, 맛있는 먹이를 먹고 난 지 얼마 안 돼 터질 듯이 부른 배를 마침 쇼조가 두 손으로 꽉 움켜쥔 것이다. 그런데 운이 나쁘게도 하필이면 릴리의 항문이 그의 얼굴 바로 앞에 있는 바람에, 장에서 뿜어져 나온 가스가 곧바로 치솟아 오른 것이다. 그 냄새로 말할 것 같으면, 아무리 고양이 애호가인 쇼조도 그 때만큼은 "우욱!" 하고 릴리를 바닥에 내동댕이치고 말 정도였다. 궁지에 몰린 족제비가 적을 물리치기 위해 최후의 수단으로 내뿜는 방귀라는 것이 아마 이런 냄새가 아닐까 싶을 정도였다. 그것은 또 정말 끈질긴 냄새여서, 일단 코끝에 들러붙으면 아무리 닦고 씻고 비누로 박박 문질러도 하루 내내 냄새가 빠지지 않았다.

쇼조는 종종 릴리 때문에 시나코와 말다툼을 벌일 때 "난 릴리랑 방귀 냄새까지 서로 맡은 사이야"라고 심술궂게 말했다. 10년이나 함께 살다 보면 비록 한 마리 고양이라고 해도 깊은 인연이 생기는 법이다. 그러니 생각하기에 따라서는 후쿠코나 시나코보다 더 가깝다고 말할 수도 있다. 사실 시나코와 부부로 산 세월이 햇수로는 4년이지만 정확하게는 2년 반 정도이고, 후쿠코도 이곳에 온 지 한 달도 채 안 된다. 그러니까 오랜 세월 함께 지내온 릴리가 이런저런 많은 추억과 밀접하게 연결되어 있으니, 릴리는 쇼조의 과거의 일부인 것이다. 그런데 이제 와서 내쫓았으니 마음이 괴로운 건 당연한 인정(人情)이 아닌가, 그걸 가지고 '괴짜'라느니, '고양이광(狂)'이라느니 하며 뭔가 대단히 비정상적인 사람이라는 말을 들을 이유는 없지 않은가, 하고 쇼조는 생각했다. 그리고 고작 후쿠코의 박해와 어머니의 설교에 힘없이 무릎을 꿇고 소중한 친구를 순순히 남의 손에 넘겨준 자신의 연약하고 한심한 모습이 원망스럽게 느껴졌다. 어째서 자신은 좀 더 솔직하고 남자답게 이유를 설명하지 못했을까. 설령 그렇게 했더라도 결국은 역시 승복하여 결과는 똑같았을지 모르지만, 그래도 그만한 반항도 하지 않고 포기하다니 참으로 릴리에게 도리를 다하지 못한 것이다.

만약 그때 아마가사키로 보냈던 릴리가 돌아오지 않았다면 어땠을까? 그도 동의해서 다른 집으로 보낸 것이니 깨끗이 단념했을 것이다. 그런데 그날 아침, 함석지붕 위에서 울고 있던 릴리를 겨우 붙잡아 뺨을 비비며 끌어안은 그 순간, '아아, 참으로 매정했구나, 난 인정머리 없는 주인이었어, 이제 무슨 일이 있어도 누구한테도 안 보낼 테야, 죽을 때까지 여기 있게 할 거야' 하고 속으로 맹세했을 뿐만 아니라, 릴리와도 굳게 약속한 것 같은 느낌이 들었다. 그런데 지금 또다시 그런 식으로 내쫓아 버렸다고 생각하니, 너무나 야박하고 가혹한 짓을 했다는 마음에 감정이 북받쳐 올랐다.

그보다 더 가여운 것은 최근 2~3년 사이에 부쩍 나이가 들어, 몸의 움직임이나 눈동자의 표정, 털의 윤기 등에서 늙고 쇠약해진 모습이 뚜렷이 보이기 시작한 것이다. 릴리를 손수레에 태워 이곳에 데려왔을 때 쇼조는 겨우 스무 살 청년이었지만 이제 내년이면 벌써 서른을 바라보는 나이가 된다. 하물며 고양이의 수명을 생각할 때, 10년이라는 시간은 인간으로 치면 아마 5, 60년에 해당할 것이다. 그렇게 보면, 이제는 한창때처럼 활기차게 움직이지 못하는 것이 당연하다. 그렇지만 커튼 맨 위에까지 올라가 줄타기 곡예를 벌이던 새끼고양이의 행동이 마치 어제 일처럼 눈앞에 어른거리는 쇼조는, 요즘 들어 허리 부분이 홀쭉하게 야윈 몸으로 고개를 살짝 숙인 채 머리를 흔들며 걷는 릴리를 보니, 제행무상(諸行無常)의 이치를 눈앞에서 보는 것 같아 말할 수 없이 서글퍼졌다.

릴리가 얼마나 쇠약해졌는지를 증명할 수 있는 것들은 얼마든지 있었는데, 예를 들어 뛰어오르는 모습이 서툴러진 것도 그 중 하나다. 새끼 고양이였을 때는 쇼조의 키 높이 정도까지는 가볍게 뛰어올라 실수 없이 먹이를 낚아챘다. 또 꼭 식사 때가 아니더라도 언제든지 뭔가를 보여 주면 바로 뛰어올랐다. 그런데 나이가 들면서 점점 뛰어오르는 횟수가 적어지고 그 높이도 낮아지더니, 요사이는 배가 고플 때쯤 먹이를 보여 주어도, 자기가 좋아하는 건지 아닌지 먼저 확인하고 나서야 비로소 뛰어올랐다. 그나마도 머리 위 한 자 높이로 낮춰서 줘야 했는데, 만약 그보다 더 높이면 릴리는 뛰어오르기를 단념하고 쇼조의 몸을 타고 오르거나, 그럴 만한 기력도 없을 때는 그저 먹고 싶다는 듯 코를 실룩거리면서 특유의 애잔한 눈으로 쇼조의 얼굴을 올려다본다. '제발 날 가엽게 여겨 줘. 사실 참을 수 없을 만큼 배가 고파서 먹이를 잡으러 뛰어오르고는 싶은데, 아무래도 이 나이가 되니 도저히 옛날처럼은 못하겠어. 부탁이야. 그렇게 못된 장난은 하지 말고, 어서 던져 줘.' 릴리는 주인의 여린 성격을 꿰뚫어 보기라도 한 듯 그렇게 눈으로 말하며 애원했다. 시나코가 애처로운 눈빛을 보낼 때는 별로 개의치 않는 쇼조이지만, 왠지 릴리의 눈에서는 묘한 애처로움을 느꼈다.

새끼 고양이 시절에는 그토록 쾌활하고 사랑스러웠던 릴리의 눈이 언제부터 그런 슬픈 빛을 띠게 되었느냐 하면, 역시 첫 출산 때부터였다. 벽장 안에 놓아둔 사이다 상자 밖으로 고개를 내밀고는 어찌해야 좋을지 모르겠다는 듯이 바라보던 릴리의 눈에는 그때부터 애수의 그림자가 감돌기 시작했고, 그 후 나이가 들수록 그 그림자는 더 짙어져만 갔다. 그래서 이따금 릴리의 눈을 바라보면 쇼조는 '영리하다고는 해도 작은 짐승에 지나지 않는 것이 어찌 이토록 의미를 담은 듯한 눈빛을 지을 수가 있을까, 정말로 뭔가 슬픈 것이라도 생각하고 있는 걸까' 하는 생각이 들 때도 있었다. 전에 키웠던 삼색 고양이나 검은 고양이는, 덜 영리해서 그럴지도 모르지만, 이토록 슬픈 눈빛을 띤 적이 한 번도 없었다. 그렇다고 해서 릴리의 성격이 유난히 음울한 것은 아니었다. 어릴 때는 더없이 말괄량이였고, 어미가 되고 나서도 싸움에 잘 이기고 활발하게 뛰어다니는 편이었다. 다만 쇼조에게 어리광을 피우거나 지루해 보이는 표정으로 양지바른 곳에서 햇볕을 쬐고 있을 때, 그 눈은 깊은 수심으로 가득 차 눈물마저 맺힌 듯 물기를 머금기도 했다. 그때는 그런 모습도 요염한 느낌이 강했다. 하지만 나이가 들면서는 또록또록한 눈동자가 흐려지고 눈가에는 눈곱이 끼어, 심술궂고 노골적인 애상을 띠게 되었다. 이건 어쩌면 릴리가 본래 그런 눈빛을 가졌다기보다는 살아온 과정이나 환경이 바뀌어서 그럴지도 모른다. 인간도 고생을 겪다 보면 얼굴이나 성격이 변하는 법인데, 고양이라고 해서 그렇지 않다고 말할 수는 없겠지, 하고 생각하니 쇼조는 릴리에게 미안한 마음이 한결 더 생겼다. 그도 그럴 것이, 지금까지 10년이라는 세월 동안 무척 예뻐해 준 것은 틀림없지만, 오로지 둘이서만 줄곧 지내면서 외롭고 허전한 삶을 보낸 것이다. 하물며 릴리를 처음 집에 데려왔을 때는 어머니와 쇼조, 그렇게 모자 단둘이서 지내던 시절이었기 때문에 신코켄의 주방처럼 활기찬 분위기는 전혀 아니었다. 릴리를 귀찮게 여기는 어머니 때문에 아들은 고양이와 이층에서 조용히 지낼 수밖에 없었다. 그렇게 또 6년의 세월이 흐르고 시나코가 시집을 왔지만, 결국 새로운 침입자로부터 훼방꾼 취급을 받게 된 릴리는 더더욱 눈칫밥을 먹는 신세가 되고 말았다.

아니, 그보다 훨씬 더 미안한 일은, 새끼를 낳은 릴리가 집에서 어미로서 새끼를 키울 수 있게 해 주었더라면 좋았을 텐데, 새끼가 태어나자마자 입양할 사람에게 나누어 주고, 집에는 한 마리도 남겨 놓지 않기로 정한 것이었다. 그럼에도 릴리는 참 잘도 새끼를 낳았다. 다른 고양이가 새끼를 두 번 낳을 동안 릴리는 세 번을 낳았다. 상대가 어디서 온 고양이인지는 알 수 없었지만, 잡종으로 태어난 새끼들은 어느 정도는 거북등무늬 고양이의 외양을 가진 덕분에 비교적

원하는 사람들이 많기는 했다. 그래도 쇼조는 가끔 새끼들을 몰래 바닷가에 가져다 놓거나, 아시야 강둑의 소나무 그늘 아래에 버리기도 했다. 물론 어머니의 눈치가 보여 그런 것이기도 하지만, 릴리가 빨리 늙고 쇠약해지는 가장 큰 이유가 잦은 출산 탓인지도 모른다는 생각에, 임신을 막을 수 없다면 젖을 먹이는 것만큼은 못하게 하는 편이 좋겠다며 나름 머리를 굴린 것이다. 실제로 릴리는 새끼를 낳을 때마다 눈에 띄게 늙어 갔다. 릴리가 캥거루처럼 배가 불러 애처로운 눈빛을 하고 있는 것을 보면 쇼조는 딱하다는 듯이 말하곤 했다. "이 바보야. 그렇게 자꾸 임신해서 배가 부르면 할머니가 되잖아." 수컷이라면 거세하면 되지만, 암컷은 수술하기가 어렵다는 말을 들었다. "그럼 엑스레이로 하면 안 됩니까?" 그런 말을 했다가 수의사한테 웃음을 산 적도 있었다. 쇼조로서는 이런 일 저런 일 모두 다 릴리를 위하는 마음에서 그랬을 뿐, 모질게 대하려는 마음은 조금도 없었다. 하지만 아무래도 릴리가 피붙이를 빼앗겨 버렸기에 쓸쓸하고 풀이 죽은 것은 부정할 수 없었다.

그런 식으로 하나하나 헤아려 보니 그는 릴리에게 몹시도 '고생'을 시켰다는 마음이 들었다. 그는 릴리 덕분에 마음의 위로를 얻는데, 그에 비해 릴리는 조금도 편하게 지내지 못했다는 생각이 들었다. 특히 최근 한두 해 사이에 부부 사이가 나빠지고 살림이 어려워져 집안이 온종일 어수선했을 때는 릴리도 거기에 휩쓸려 어찌해야 좋을지 몰라, 어디 편히 몸 둘 데가 없다는 듯 갈팡질팡하기도 했다.

이마즈의 후쿠코 집에 머물고 있던 어머니가 아시야 집으로 사람을 보내 쇼조를 부를 때면, 시나코보다 릴리가 먼저 그의 옷자락에 매달려 애처로운 눈빛으로 못 가게 막기도 했다. 그래도 뿌리치고 나가면, 한 정(町)•이고 두 정이고 개처럼 졸졸 따라왔다. 그러니 쇼조도 시나코보다는 릴리가 걱정이 돼서 될 수 있으면 빨리 돌아오려고 했다. 이삼일 후에 집에 돌아와 보면, 기분 탓인지는 몰라도, 릴리의 눈동자에는 더한층 어두운 그림자가 드리워져 있었다.

이제 이 고양이도 살날이 얼마 남지 않은 건가, 그 무렵부터 그는 종종 그런 예감이 들기 시작했다. 그런 꿈을 꾼 것도 한두 번이 아니었는데, 꿈속에서 쇼조는 마치 부모 형제와 사별이라도 한 듯한 깊은 슬픔에 눈물이 온 얼굴을 적셨다. 혹시나 정말로 릴리의 죽음을 맞게 된다면 그 슬픔은 꿈속의 장면 못지않을 것만 같았다. 그런 생각이 하나하나 떠오르

• 한 정은 약 109미터.

니, 릴리를 순순히 넘겨주고 만 것이 또다시 분하고, 한심스럽고, 화가 솟구쳐 올랐다. 게다가 어느 구석진 곳에서 릴리의 눈이 원망스럽다는 듯이 이쪽을 쳐다보는 것처럼 느껴져 견딜 수가 없었다. 이제 와서 후회한들 소용없지만, 그렇게 늙고 힘없는 것을 어찌하여 그리도 가혹하게 내쫓아 버렸을까. 어째서 눈을 감을 때까지 이 집에서 보살펴 주지 않았을까…….

"당신, 시나코가 왜 그 고양이를 갖고 싶어 하는지, 그 이유 알아?"

그날 저녁, 여느 때처럼 적적한 분위기가 감도는 밥상 앞에서 풀이 죽은 채 청승맞게 술잔 끝을 핥고 있는 남편을 보면서, 후쿠코가 멋쩍은 듯이 물었다.

"음, 왜 그랬을까?"

쇼조는 짐짓 모르는 척하며 말했다.

"릴리를 데려오면 당신이 틀림없이 보러 올 거라고 생각한 거야. 그렇지? 맞지?"

"설마, 그런 바보 같은……."

"그게 틀림없다니까. 내가 오늘에야 겨우 그걸 깨달았어. 당신이 그런 잔꾀에 넘어가게는 안 할 거야."

"알았어. 누가 넘어간다고 그래."

"틀림없는 거지?"

"음, 음."

쇼조는 코웃음을 쳤다.

"다짐할 필요도 없는 일이야."

그러고는 다시 술잔을 핥았다.

오늘은 바빠서 그만 가야겠다며 쓰카모토는 현관 앞에 바구니를 놓고 돌아갔다. 시나코는 바구니를 들고 좁고 가파른 계단을 올라가, 이층에 자기 방으로 쓰고 있는 넉 장 반 크기의 다다미방에 들어갔다. 그리고 입구 쪽 장지문도 유리 미닫이문도 전부 단단히 닫은 다음, 방 한가운데에 바구니를 놓고 뚜껑을 열었다.

릴리는 희한하게도 답답한 바구니 안에서 곧장 밖으로 나올 생각은 하지 않고, 그저 신기하다는 듯 고개만 내밀어 방 안을 잠깐 둘러보았다. 그리고 드디어 느릿느릿한 발걸음으로 나오더니, 이런 경우 고양이들이 대개 그렇듯이, 코를 실룩거리면서 온 방 안의 냄새를 맡기 시작했다. 시나코는 두세 번 불러 보았다.

"릴리야."

하지만 릴리는 쌀쌀맞게 곁눈질로만 힐끗 쳐다볼 뿐이었

다. 먼저 방문과 벽장 근처로 가서 냄새를 맡고, 그다음은 창쪽으로 가서 유리문도 하나하나 냄새를 맡아 보았다. 그러고는 반짇고리, 방석, 자, 바느질하다 만 옷가지 같은 주변에 있는 물건들을 꼼꼼히 냄새 맡으며 돌아다녔다. 시나코는 조금 전에 받은, 신문지에 싼 닭고기가 생각나 종이에 싸 놓은 그대로 돌아다니는 곳에 놓아두었다. 하지만 고양이는 거기에는 흥미가 없다는 듯 살짝 냄새만 맡아 보고는 뒤도 돌아보지 않았다. 그리고 다다미 위에서 바스락바스락 꺼림칙한 발소리를 내면서 방 안을 한 바퀴 빙 돌며 살펴보고 나서 입구 쪽 장지문으로 가더니 앞발을 갖다 대고 문을 열려고 했다.

"릴리야, 너 이제 오늘부터 내 고양이가 됐어. 이젠 아무 데도 가면 안 돼."

시나코가 그렇게 말하며 그곳을 막고 서 있었다. 릴리는 어쩔 수 없다는 듯 또 바스락바스락 소리를 내며 돌아다니더니 이번에는 북쪽의 창가로 다가갔다. 그리고 천 조각을 아무렇게나 담아 둔 바구니 위에 올라가 몸을 쭉 펴고 유리문 밖을 바라보았다. 9월도 어제로 끝이 났고 이제는 정말로 가을답게 맑게 갠 아침이었다. 살짝 차가운 바람이 불자, 뒤쪽 공터에서 하늘을 향해 뻗은 포플러 대여섯 그루에 매달린 잎사귀들이 하얗게 팔락팔락 떨었고, 그 너머로 마야산과 롯코

산의 꼭대기가 보인다. 아시야에는 집들이 더 빽빽이 들어서 있어 아시야 집 이층에서 내다보던 풍경과는 꽤 많이 다를 텐데, 릴리는 대체 어떤 심정으로 바라보고 있을까?

시나코는 이 고양이와 단둘이 달랑 남겨졌을 때의 일이 불쑥 머릿속에 떠올랐다. 이마즈에 간 뒤로 돌아올 기색이 없는 쇼조와 어머니를 기다리며 혼자 쓸쓸히 찻물에 밥을 말아 먹고 있는데, 그 소리를 듣고 릴리가 다가왔다. '아아, 그렇지, 밥 주는 걸 깜빡했구나, 배가 고프겠네' 하는 생각이 들자 시나코는 가여운 마음에 국물을 우릴 때 쓰는 생선을 남은 밥 위에 올려 주었다. 하지만 진수성찬에 익숙해져 있었던지 기뻐하는 기색도 없이 눈곱만큼만 입에 대는 걸 보고, 그만 화가 치밀어 모처럼 생긴 애정마저 사라지고 말았다. 밤이 되어 이부자리를 깔아 놓고 올지 안 올지도 모르는 사람을 애타게 기다리고 있는데, 아무 거리낌 없이 이불 위에 올라와 느긋하게 다리를 뻗는 그 모습이 얄미워, 잠들려고 할 때쯤에 두들겨 깨워 내쫓아 버렸다.

그런 식으로 이 고양이에게 꽤나 화풀이를 했었는데 이렇게 다시 함께 살게 된 걸 보면 역시 인연이 아닐까. 시나코는 아시야 집에서 쫓겨나고 나서 이곳 이층에 자리를 잡게 되었을 때, 저 북쪽 창문 너머로 산을 바라보면서 남편을 그리워하는 마음에 사로잡힌 적이 있었다. 그랬기에 지금 릴리가 저렇게 밖을 바라보는 심정을 어렴풋이나마 이해할 수 있을 것 같아 문득 눈시울이 뜨거워졌다.

"릴리야, 자, 이리로 오렴. 이것 좀 먹어 봐."

그녀는 벽장문을 열고 전부터 준비해 두었던 물건을 꺼내면서 말했다. 어제 쓰카모토가 보낸 엽서를 받은 그녀는 드디어 이곳으로 오게 될 귀한 손님을 정성껏 맞이하려는 마음에, 오늘 아침은 여느 때보다 일찍 일어나 목장에서 우유를 사 오고 접시와 밥공기도 준비해 놓았다. 또 이 귀한 손님에게 모래 용기가 필요하겠다는 생각이 들어 어젯밤에 서둘러 나가 질그릇을 사 온 것까지는 좋았는데, 모래가 없다는 사실에 당황한 그녀는 몰래 어둠을 틈타 대여섯 정쯤 떨어진 건설 공사장에 가서, 콘크리트에 쓰이는 모래를 훔쳐 와 벽장 속에 감추어 두었다. 우유와 말린 가다랑어를 밥 위에 뿌려 접시에 담고, 칠이 벗겨지고 이가 빠진 밥공기를 꺼내 병에 든 우유를 부은 다음, 방 한가운데에 신문지를 펼쳤다. 그리고 선물용 포장지를 펴고, 죽순 껍질에 싼 삶은 닭고기를 다른 진수성찬과 함께 늘어놓았다. 그리고 "릴리야, 릴리야" 하고 이름을 계속 부르며 접시와 병을 부딪쳐 쨍그랑 소리도 내 보았지만, 릴리는 아예 들리지도 않는 척을 하며 여전히 유리 창문에 딱 달라붙어 있었다.

"릴리야."

그녀는 기를 쓰고 불렀다.

"너, 왜 그렇게 바깥만 쳐다보고 있는 거니? 배 안 고파?"

조금 전에 쓰카모토가 말하기로는, 바구니를 타고 가다가 멀미를 할까 걱정한 쇼조가 오늘 아침에는 밥을 안 먹였다고 한다. 그러니 배가 고프다고 애원해야 하는 게 당연할 것이다. 예전 같으면 접시 부딪치는 소리가 나면 당장 뛰어왔을 텐데, 지금은 그 소리도 귀에 들어오지 않고 배가 고프다는 것도 못 느낄 만큼, 오직 여기서 도망치고 싶다는 생각에만 사로잡혀 있는 걸까? 그녀는 예전에 이 고양이가 아마가사키에서 돌아온 사건을 들은 적이 있어 한동안은 눈을 떼면 안 되겠다고 마음을 다지기는 했다. 그래도 밥을 먹고 모래통 안에 볼일만 볼 수 있다면 아무 문제가 없을 거라고 기대했는데, 오자마자 이러면 지금 당장에라도 도망가 버릴 것만 같았다. 그녀는 자신의 급한 성격이 동물을 길들이기에는 맞지 않는다는 걸 알면서도 어떻게든 끝까지 먹는 모습을 보고 싶은 마음에, 억지로 창가에서 끌어내려 방 한가운데로 안고 와 먹이 위에 차례차례 코를 들이대게 했다. 하지만 릴리가 발을 버둥거리고 발톱을 세우며 할퀴어 대는 바람에 할 수 없이 놓아주었더니, 다시 창가로 돌아가 천 조각 바구니 위에 올라갔다.

"릴리야, 이거, 이것 좀 봐. 여기 네가 가장 좋아하는 게 있는데 모르겠니?"

그녀도 끈질기게 닭고기와 우유를 들고 쫓아다니면서 코앞에 비비듯이 들이댔지만, 오늘만큼은 그토록 좋아하는 음식에서 풍기는 냄새에도 따라오지 않았다.

생전 듣도 보도 못한 사람에게 맡겨진 것도 아니고, 어찌됐든 그래도 햇수로 4년이라는 세월 동안 한 지붕 아래에 살면서 같은 부뚜막에서 지은 밥을 먹고, 때로는 단둘이서 사흘이고 나흘이고 함께 집을 지키던 사이인데, 너무하다 싶을 만큼 쌀쌀맞지 않은가, 내가 못살게 굴었던 것에 지금도 꽁해 있다면 짐승 주제에 건방지지 않은가, 하고 성질이 났다. 하지만 여기서 고양이가 도망가기라도 한다면 모처럼 짜낸 계획이 헛수고가 될 뿐 아니라, 아시야에서는 '거봐, 그럴 줄 알았어' 하고 손뼉을 치며 비웃을 것이다. 이렇게 된 바에야 누가 이기나 끝까지 밀어붙여 어느 한쪽이 고집을 꺾을 때까지 기다리는 수밖에 없다. 뭐 그래도 이렇게 먹이를 갖다 주고 모래통을 눈앞에 놓아두면, 아무리 고집을 부린다 해도 결국은 배가 고파서 안 먹고는 못 배길 테고, 또 소변도 보고 싶겠지. 그런 것보다 난 오늘 할 일이 많단 말이야. 오늘 밤까지 꼭 책임지고 마무리해야 할 일감이 있는데 아침부터 손도 못 대고 있잖아.

생각이 거기까지 미친 그녀는 마음을 고쳐먹고 반짇고리 옆에 앉았다. 그리고 그때부터 부지런히 남자용 비단 속옷을 바느질하기 시작했지만, 한 시간도 채 지나지 않아 금세 또 걱정이 되고 뭘 하는지 신경이 쓰였다. 그러다 드디어 릴리가 방 한쪽 구석으로 가더니 벽에 딱 붙어 웅크린 채 꼼짝도 하지 않았다. 비록 짐승이지만, 이제 도망칠 길이 없다는 걸 깨닫고 체념한 모습이라고 말할 수 있을까. 만약 인간이라면, 크나큰 슬픔에 빠진 나머지 모든 희망을 내던지고 죽음을 각오한 모습이라고 말할 수 있지 않을까. 시나코는 불길한 느낌이 들어, 살아 있는지 어떤지 확인해 보려고 살짝 곁에 가서, 안아 일으켜도 보고 숨을 쉬는지 살펴도 보고 또 살짝 밀어 움직이게도 해 보았다. 하지만 무슨 행동을 해도 아무런 저항도 없이, 마치 전복처럼 온몸을 꽉 닫은 채 딱딱하게 굳어 있는 것이 손가락 끝에서 느껴졌다. 정말 말로 표현할 수 없을 만큼 고집이 센 고양이로구나. 도대체 언제쯤이면 살갑게 대해 줄 수 있을까. 하지만 혹시 저러고 있으면서 내가 방심하는 틈을 엿보고 있는 건 아닐까? 지금은 저렇게 체념한 듯이 보이지만, 묵직한 널빤지 문까지 열 수 있는 고양이인데, 잠깐이라도 방을 비운 사이에 사라져 버리지는 않을까? 그렇게 생각하니 고양이가 문제가 아니라, 자기 자신이 밥도 못 먹고 화장실도 못 가는 신세가 되고 만 것이다.

정오 무렵이 되자 여동생 하쓰코가 계단 밑에서 말을 걸었다.

"언니, 밥 먹어."

"응."

시나코는 일어나서 잠시 방 안을 이리저리 돌아다녔다. 그리고 결국 모슬린 허리띠 세 개를 이어 묶어 릴리의 어깨에서 겨드랑이 아래로 십자 모양으로 어깨띠를 맸다. 너무 세게 조이지는 않도록, 그렇다고 해서 쑤욱 빠져나가지는 못하게끔 몇 번이나 확인하고 고쳐 매면서 등 위에 단단히 매듭을 만들었다. 그런 다음 끈 한쪽 끝을 잡고 한참 방 안을 서성이다가, 마침내 천장에 매달린 전깃줄에 묶고 나서야 겨우 마음을 놓고 아래층으로 내려갔다. 하지만 식사하는 중에도 신경이 쓰여 대충대충 먹고 올라와 보니, 릴리는 여전히 꽁꽁 묶인 채 구석에 가서 전보다 더 몸을 웅크리고 있는 것이 아닌가. 그녀는 '차라리 내가 없는 편이 더 나을지도 몰라. 잠깐 혼자 내버려 두면 그사이에 밥도 먹고 볼일도 보지 않을까' 하고 기대했지만, 그런 기색은 아예 보이지 않았다.

그녀는 "쳇" 하고 혀를 찼다. 그리고 여전히 방 한가운데에 허무하게 놓여 있는 진수성찬이 담긴 접시와, 모래가 조금도 젖지 않은 깨끗한 모래통을 원망스럽다는 듯이 노려보면서 반짇고리 옆에 가서 앉았다. 하지만 그러고 나서 또 '아아, 그렇구나, 너무 오래 묶어 두는 건 가엾잖아' 하고 다시 일어나서 끈을 풀어 주고는, 쓰다듬어 주고 안아도 보고, 비록 헛수고라는 걸 알면서도 먹이를 내밀거나 모래통의 위치를 바꾸어 주면서 몇 번이나 똑같은 행동을 되풀이했다. 그러다 보니 어느새 날이 저물어 저녁 여섯 시가 되었다. 아래층에서 저녁밥이 다 됐다는 하쓰코의 말을 듣고 그녀는 다시 끈을 잡고 일어섰다. 그렇게 그날은 온종일 고양이와 씨름하는 바람에 맡은 일감도 다 못 끝내고 기나긴 가을밤을 새고 말았다.

열한 시를 알리는 시계 종소리가 울리자 시나코는 방 안을 정돈하고 다시 릴리를 묶은 다음, 방석 두 장을 깔고 그 위에 릴리를 올려놓고 밥과 모래통을 가까이 가져다 놓았다. 그리고 자신의 이부자리도 깔고 불을 끈 다음 잠자리에 들었다. 적어도 아침이 될 때까지 우유든 닭고기든 뭐든지 좋으니까 하나쯤은 먹어 줄까, 내일 아침 눈을 떴을 때 저 접시가 비어 있다면, 그래서 모래가 젖어 있다면 얼마나 기쁠까, 하는 생각에 눈이 말똥말똥해져 잠도 오지 않았다. 그녀는 혹시나 릴리가 숨 쉬는 소리라도 들릴까 싶어 어둠 속에서 귀를 쫑긋 세워 보았지만, 찬물이라도 끼얹은 듯 아무 소리도 들리지 않았다. 너무 조용하다는 생각이 들어 머리를 들어 보니, 창밖으로는 어슴푸레 날이 밝아오는데도 하필이면 릴리가 있는 구석 쪽은 깜깜해서 아무것도 보이지 않았다. 문득 떠오른 생각에 머리맡을 더듬어, 천장에서 비스듬히 내려와 있는 끈을 붙잡고 더듬더듬 가까이 다가가니, 다행히 손끝으로 느낌이 전해져 왔다. 그래도 마음이 안 놓여 불을 켜 보니, 물론 자리에 있기는 했다. 하지만 토라진 듯 몸을 동그랗게 웅크리고 있는 모습이 낮 동안과 조금도 달라지지 않았고, 밥도 모래도 전과 똑같은 상태로 놓여 있는 것을 보고 다시 낙담하며 불을 껐다. 그러다가 결국은 꾸벅꾸벅 졸았는데, 잠을 깨 보니 어느새 날이 밝아 있었다. 방 안을 둘러보니 모래 위에 큰 덩어리가 떨어져 있고, 우유와 밥이 담긴 접시가 깨끗이 비어 있는 것이 보여, '다행이야' 하고 생각했지만, 그것은 꿈이었다.

그런데 고양이 한 마리 길들이기가 이토록 힘든 일인가? 그게 아니면 릴리라는 고양이가 유난히 고집이 센 걸까? 하기야, 아직 철이 안 든 새끼 고양이라면 별생각 없이 잘 따르겠지만, 이렇게 나이 든 고양이는, 인간도 그렇듯이, 관습이나 환경이 다른 곳에 데려가면 큰 충격을 받을 수 있고 그게 원인이 되어 결국엔 죽을지도 모른다. 처음부터 시나코는 좋아하지도 않는 고양이를 오직 한 가지 속셈으로 맡은 것인데, 이리도 번거로울 줄은 생각지도 못했다. 그런데 예전에는 적이라고 여긴 짐승 때문에 밤에 잠도 편하게 못 잘 만큼 고생을 하게 된 인연을 생각해 보니, 이상하게도 화가 나기는커녕 고양이가 불쌍하다면 자신도 불쌍하다는 생각에 기분이 울컥했다. 생각해 보면, 자신도 아시야에서 쫓겨나 이곳 이층에서 혼자 쓸쓸히 지내는 것이 말할 수 없을 만큼 서글퍼, 여동생 부부가 보지 않을 때면 낮이고 밤이고 눈물을 흘리지 않았던가. 자신도 역시 이틀 사흘 동안은 힘이 없어 아무것도 못 한 것은 물론이고, 제대로 먹지도 못하지 않았던가. 그렇게 생각하면 릴리도 아시야를 그리워하는 게 당연할 것이다. 그토록 쇼조에게 듬뿍 사랑을 받았는데 그만한 정을 못 느낀다면 배은망덕한 일일 것이다. 하물며 이렇게 나이가 들었는데 정든 집에서 쫓겨나, 자기가 싫어하는 사람이 사는 집으로 끌려오다니 얼마나 처량한 심정일까. 릴리가 자신을 따르기를 진심으로 바란다면 그런 심정을 다독여 주고, 무엇보다 안심하고 믿을 수 있는 마음이 들게끔 해 줘야 할 것이다. 슬퍼서 가슴이 터질 것만 같은데 음식을 잔뜩 내서 억지로 들이대면 누군들 화가 나지 않을까. 그런데도 그녀는 "먹고 싶지 않으면 소변이라도 봐" 하고 모래까지 들이밀었다. 참으로 제멋대로에다 인정이라고는 눈곱만큼도 없이 대했다. 아니, 그 정도는 그나마 나은 것으로, 끈으로 묶어 둔 것이 가장 나빴다. 상대방의 신뢰를 얻고 싶다면 자신이 먼저 믿어 주어야 하는데, 그런 식으로는 점점 더 공포심을 불러일으킬 뿐이다. 아무리 고양이라 하더라도 몸이 묶여 있으면 식욕이 생기지 않는 것은 물론이고 소변도 제대로 나올 리가 없을 것이다.

날이 밝자 시나코는 끈으로 묶어 놓는 것은 그만두기로 하고, 혹시라도 도망친다면 그건 어쩔 수 없는 일이라 생각하기로 했다. 그리고 이따금 5분이나 10분쯤 시험 삼아 고양이를 방에 혼자 남겨 두고 나가 있었는데, 여전히 고집스럽게 웅크리고 있기는 해도 다행히 도망치려는 낌새는 보이지 않았다. 그러다 갑자기 마음을 놓은 것이 문제였을까. 어느 날 점심 식사 때 오늘은 좀 느긋하게 먹어 볼까 하는 마음에 30분쯤 아래층에 있었는데, 위층에서 바스락하는 소리가 들린 것 같아 허둥지둥 올라가 보니, 장지문이 다섯 치쯤 열려 있었다. 아마도 릴리가 거기서 복도로 나가 남쪽의 여섯 장짜리 다다미방을 지나가다가, 하필이면 창문이 활짝 열려 있는 바람에 지붕으로 뛰어 올라간 모양인데, 이미 주위에는 형체도 그림자도 눈에 띄지 않았다.

"릴리야……."

그녀는 큰 소리로 힘껏 불러 보려고 했지만 목소리가 나오지 않았다. 그토록 고생하고 애를 썼는데도 결국 도망갔다고 생각하니, 이제 더는 찾을 기력도 없을뿐더러, 왠지 모르게 가슴이 후련해지면서 무거운 짐을 내려놓은 것만 같았다. 어차피 자신은 동물을 길들이는 게 서투르니 언젠가는 도망칠 것이 틀림없고, 그렇다면 차라리 빨리 끝나는 편이 나을지도 몰랐다. 이렇게 되니 오히려 속이 후련해졌고, 또 오늘부터는 일도 계획한 대로 마무리할 수 있으니 밤에도 마음 편히 잘 수 있을 것이다. 그런데도 그녀는 뒤쪽 공터에 나가 잡풀 속을 이리저리 헤쳐 보았다.

"릴리야, 릴리야."

그녀는 한동안 그렇게 이름을 불러 보았지만, 이런 곳에 릴리가 어슬렁거리고 있을 리 없다는 것은 불을 보듯 뻔했다.

릴리가 도망간 뒤로 그날 밤은 물론 이튿날 밤, 또 그다음 날 밤도 시나코는 마음 편히 잠들기는커녕 한숨도 자지 못했다. 아무래도 예민한 성격 탓인지, 그녀는 스물여섯 치고는 잠귀가 밝아 쉽게 잠이 깨는 편이어서, 하녀로 일하던 시절부터 무슨 일만 생기면 쉽게 잠이 들지 못했다. 여기 이층으로 옮긴 뒤에도, 잠자리가 바뀌어서 그런지 밤에 고작 서너 시간밖에 못 자는 날이 계속되다가, 겨우 열흘 전쯤부터 조금씩 잠을 잘 수 있었다. 그런데 그날 밤 이후로 또 잠을 못 이루게 된 것은 왜일까. 그녀는 일을 한꺼번에 몰아서 하면 금세 어깨가 결리기도 하고 신경이 과민해지기도 하는데, 그동안 릴리 때문에 밀렸던 일감을 마무리하려고 바느질에 너무 열중해서 그런 것일까?

게다가 본래 몸이 찬 체질이라서, 아직 10월 초밖에 안 됐는데도 슬슬 발이 차가워지기 시작했고, 이불 속에 들어가도 금방 따뜻해지지 않았다. 그녀는 애초에 남편이 왜 자신을 멀리하게 되었는지 그 이유가 문득 떠올랐는데, 지금 생각해보면 오로지 자신의 냉증 때문이었다. 잠자리에 들면 금방 쉽게 잠이 드는 쇼조는 이불 속에 들어오면 5분도 채 지나기 전에 잠이 들어 버리는데, 갑자기 얼음장 같은 발이 몸에 닿아 잠이 깨는 것을 참을 수가 없어 "당신은 저쪽에서 자" 하고 말했다. 그래서 결국엔 따로따로 잠을 자게 되었는데, 추울 때 유탄포• 때문에 자주 싸운 적도 있었다. 왜냐하면 쇼조는 그녀와 반대로 남들보다 곱절로 쉽게 열이 오르는 체질에다가, 유난히 발이 뜨거워서 겨울에도 발끝을 이불 밖에 살짝 내놓지 않으면 잠을 자지 못했다. 그래서 따뜻한 유탄포로 데워 놓은 이불 속에 들어가기 싫어해 5분도 못 견뎌 했다. 물론 이것이 불화의 근본적인 이유는 아니었지만, 그래도 그렇게 서로 체질이 다른 것이 좋은 구실이 되어 점차 혼자 자는 습관이 생기고 만 것이다.

그녀는 오른쪽 목에서 어깨 쪽에 생긴 응어리가 딱딱하게 굳어 있어, 가끔 주물러도 보고 이리저리 몸을 돌려 베개가 닿는 곳을 달리해 보기도 했다. 해마다 여름에서 가을로 계절이 바뀔 무렵이면 오른쪽 아래 충치가 아파서 고생을 하는데 어젯밤쯤부터 조금씩 욱신거리기 시작했다. 그러고 보니 여기 롯코라는 곳은 해마다 겨울이면 롯코산에서 바람이 불어와 아시야보다 추위가 훨씬 더 매섭다는 말을 들었는데, 요사이 벌써부터 밤에는 꽤 쌀쌀해져, 같은 한신 지방인데도 왠지 머나먼 산속 나라에 있는 듯한 기분이 든다. 그녀는 몸을 새우처럼 웅크리고 감각이 점점 사라져 가는 두 발을 서

• 겨울철에 몸을 덥히기 위해 따뜻한 물을 담는 용기.

로 비볐다. 아시야에서 살던 시절에는 10월 말이 되면 남편과 옥신각신 다투면서도 유탄포를 이불 속에 넣고 잤는데, 벌써부터 추위가 이러면 올해는 그때까지 못 기다릴지도 모른다.

잠들기는 어렵겠다고 체념한 시나코는 전등을 켜고 여동생에게서 빌린 《주부의 친구》 지난달 호를 옆으로 누워 읽기 시작했는데 그때가 밤 한 시였다. 그런데 얼마 지나지 않아 멀리서 쏴 하는 소리가 가까워지더니 금방 쏴 하고 지나갔다. 어머나, 비가 오나? 하는데, 또 쏴 하며 다가오더니 지붕 위를 지날 때쯤에는 타닥타닥 하는 소리를 드문드문 내면서 살금살금 사라져 간다. 그러다 조금 있으니까 또 한 번 쏴 하고 내린다. 그런데 릴리는 지금쯤 어디에 있을까? 아시야로 돌아갔다면 다행이지만, 그렇지 않고 혹시나 길을 잃어버렸다면 이런 밤에는 필시 비에 젖어 있을 것이다. 릴리가 도망간 것을 쓰카모토에게는 아직 알리지 않았는데, 그날 이후 줄곧 그 일이 머릿속을 떠나지 않았다. 빨리 알려 주는 편이 좋다는 것은 그녀도 잘 알고 있었지만, “말하기가 좀 그런데, 릴리는 진작에 돌아갔으니 안심해도 됩니다. 여러 가지로 폐만 끼쳤는데, 이제는 필요 없잖아요?” 하며 비꼬는 말을 들을까봐 언짢은 마음에 이래저래 미루었던 것이다.

하지만 벌써 돌아갔다면, 이쪽의 통지를 기다릴 것도 없이 저쪽에서 먼저 말을 했을 것이다. 그런데 아직 아무 말이 없는 것을 보면, 어딘가에서 길을 잃고 헤매는 걸까. 아마가사키로 보냈을 때는 사라진 지 일주일 만에 돌아왔다고 하는데, 이번에는 그리 먼 곳도 아니고 불과 사흘 전에 지나온 길이니 설마 헤매고 있지는 않을 것이다. 다만 이제 나이가 들어 그때보다는 감각도 나빠지고 동작도 둔해졌으니 사흘은 커녕 나흘이 걸릴지도 모른다. 하지만 그렇다 해도 아마 내일이나 모레쯤에는 무사히 도착할 것이다. 그러면 그 두 사람은 얼마나 기뻐할까. 또 얼마나 속이 시원해할까. 아마 쓰카모토 씨도 거들면서 "거봐, 남편한테 버림받은 것도 모자라 고양이한테까지 버림받았잖아" 하고 말할지 모른다. 아니, 아래층의 여동생 부부도 속으로는 그렇게 생각할지 모르고, 세상 사람들도 다 비웃겠지.

그때 또다시 빗방울이 지붕 위에서 타닥타닥 소리를 내며 지나갔다. 그러고 나서 조금 지나자 유리창에 뭔가가 쿵 하고 부딪히는 듯한 소리가 났다. '바람이 불었나, 아유, 정말' 하고 생각하면서도 바람치고는 약간 묵직하다 싶었다. 그런데 다시 잇따라 두 번쯤 쿵, 쿵 하고 유리창을 두드리는 것 같더니 어디에선가 가냘픈 울음소리가 들려왔다.

"야옹."

설마 이 시각에 이런 소리가…… 하고 정신이 번쩍 들면서도, 기분 탓인지도 모른다는 생각에 귀를 쫑긋 세우는데, 다시 울음소리가 났다.

"야옹."

그리고 조금 있으니 또, 쿵 하는 소리가 들려왔다. 그녀는 허둥지둥 벌떡 일어나 유리창 커튼을 걷어 보았다.

"야옹."

울음소리가 이번에는 또렷이 유리창 너머에서 들리면서, 쿵 하는 소리와 동시에 검은 물체의 그림자가 스르륵 스쳐 지나갔다. '아, 역시 그거였나' 그녀는 그 소리를 또렷이 기억하고 있었다. 얼마 전 여기 이층에 있었을 때는 끝까지 한 번도 울지 않았지만, 그것은 분명 아시야에 살던 시절 자주 들어 귀에 익은 소리임에 틀림없었다.

재빨리 잠금 나사를 풀고 창문 밖으로 윗몸을 내밀어, 방 안에서 내비치는 전등 불빛을 따라 어두컴컴한 지붕 위를 살펴보았지만, 순간 아무것도 보이지 않았다. 짐작해 보면, 창문 밖에는 난간이 달린 발코니가 있는데 아마도 릴리가 거기에 올라가 울면서 창을 두드린 게 틀림없었다. 쿵 하는 소리와 함께 조금 전에 보였던 검은 그림자는 분명 릴리였을 텐데, 안쪽에서 유리 창문을 연 순간 어디론가 도망가 버린 걸까?

"릴리야……."

아래층 부부가 잠을 깨지 않도록 조심조심하면서 그녀는 어둠 쪽으로 이름을 불렀다. 기와가 젖어 빛을 발하고 있는 것을 보니, 조금 전의 그것이 한차례 내린 비였다는 것은 의심할 여지가 없지만, 지금은 마치 거짓말처럼 하늘에 별이 반짝이고 있다. 눈앞을 덮고 있는, 마야산의 칠흑처럼 너른 산마루에는 케이블카의 불빛이 사라졌지만, 산 정상의 호텔에는 불빛이 비치고 있는 것이 보인다. 그녀는 발코니에 한쪽 무릎을 대고 지붕 위쪽으로 몸을 쑥 내밀며 다시 한 번 불렀다.

"릴리야!"

그러자 "야옹" 하고 대답하며 기와 위에서 이쪽으로 걸어오는 듯, 도깨비불처럼 반짝이는 두 눈동자가 점점 가까이 다가왔다.

"릴리야."

"야옹."

"릴리야."

"야옹."

그녀가 몇 번이고 이름을 부를 때마다 릴리는 대답해 주었는데, 여태껏 이런 적은 단 한 번도 없었다. 자신을 좋아하는 사람, 또 자신을 속으로 싫어하는 사람이 누군지 잘 아는 릴리는 쇼조가 부르면 대답을 했지만, 시나코가 부를 때면 모른 척했다. 그런데 오늘 밤은 몇 번을 불러도 귀찮아하는 기색도 없이 대답하는 것은 물론이고, 나중에는 애교마저 담긴 듯한, 뭐라 말로 표현할 수 없는 상냥한 소리를 낸다. 그리고 파랗게 빛나는 눈동자로 올려다보면서, 몸에 물결을 일으키며 난간 아래까지 다가오더니 또 스르륵 저쪽으로 가 버린다. 고양이의 처지에서 생각해 보면, 자신이 쌀쌀맞게 대했던 사람이지만 이제부터는 귀여움을 받아야겠다는 생각에, 또 얼마쯤은 지금까지의 무례에 사과하는 마음도 담아서 아마 저런 소리를 낼 것이다. 태도를 싹 바꿔 자신을 보살펴 달라는 마음을 어떻게든 알아 달라고 애쓰는 것일 테다.

시나코는 이 짐승이 처음으로 이렇게 다정하게 대답해 주었다는 사실에 아이처럼 기뻐하며 거듭 불러 보았다. 하지만 안으려고 해도 좀처럼 손안에 들어오지 않아, 일부러 잠깐 창가에서 떨어져 있었더니, 드디어 릴리가 몸을 훌쩍 날려 방 안으로 뛰어들어 왔다. 그러고는 너무나 뜻밖에도, 이부자리 위에 앉아 있는 시나코를 향해 똑바로 걸어오더니 그녀의 무릎에 앞발을 올려놓았다.

'이게 도대체 어떻게 된 거지?' 그녀가 넋이 빠져 있는 동안 릴리는 애처로움이 가득한 눈빛으로 가만히 올려다보았다. 그리고 그녀의 가슴 언저리에 기댄 채, 플란넬 잠옷의 옷깃에 이마를 쓰윽 들이밀었다. 그녀도 함께 뺨을 비비니, 턱이며 귀며 입가며 코끝을 마구 핥아 댔다. 그러고 보니 고양이는 단둘이 있으면 입을 맞추고 뺨을 비비며 완전히 인간과 다름없는 몸짓으로 애정 표현을 한다는 말을 들은 적이 있는데, 바로 이런 걸 말하는 건가? 남들이 보지 않는 곳에서 남편이 릴리와 함께 즐거워했을 때 이렇게 놀고 있었던 걸까? 그녀는 고양이 특유의, 햇볕에 쬔 듯한 털 냄새를 맡으며, 살갗에 가슬가슬하게 닿는 듯한 간질간질한 혀의 촉감을 온 얼굴에 느꼈다. 그러자 갑자기 참을 수 없을 만큼 사랑스러워,

"릴리야"

하고 부르며 자기도 모르게 꼭 끌어안는데, 뭔가가 털 구석구석에서 차갑게 빛나고 있다. 그녀는 그제야 릴리가 방금 전에 내린 비에 젖었다는 것을 알아차렸다.

그건 그렇고, 아시야로 돌아가지 않고 왜 여기로 다시 왔을까? 아마 처음에는 아시야로 가려고 도망쳤지만, 도중에 길을 잃어버리는 바람에 다시 되돌아온 건 아닐까? 겨우 서너

리 떨어진 곳을 사흘이나 갈팡질팡 헤매다가 결국 목적지에 도착하지 못하고 되돌아오다니, 릴리치고는 너무 의지가 약한 게 아닌가 싶었다. 하지만 어쩌면 이 가여운 짐승은 이제 그 정도로 기력이 약해진 것이다. 마음만큼은 옛날과 다름이 없어 도망쳐 보긴 했지만, 시력도 기억력도 후각도 이제는 예전의 반도 못 따라가는 탓에, 어느 방향에서 어느 길로 왔었는지 알 수가 없어 여기저기 헤매며 돌아다니다가 그만 원래 장소로 되돌아온 것이다. 옛날 같으면 일단 마음을 먹었으면 아무리 길이 없는 곳에서 헤맬지라도 무작정 나아갔을 것이다. 하지만 지금은 자신감도 사라지고, 어디 낯선 데에라도 가면 지레 겁을 먹고 저절로 다리가 굳어졌다. 분명 그런 식으로 릴리는 생각보다 멀리까지 가지도 못하고 이 근처에서 갈팡질팡 헤맸을 것이다. 그렇다면 어젯밤도 그저께 밤도 여기 이층 창문 가까이에서, 들어갈까 말까 망설이면서 방 안의 낌새를 살피고 있었는지도 모른다. 그리고 오늘 밤도 저 지붕 위 어두컴컴한 곳에서 웅크리고 한참을 생각하다가, 방 안에 불이 켜지고 또 갑자기 비까지 내려서 그랬는지는 몰라도, 불쑥 그런 울음소리를 내면서 문을 두드리려는 마음이 생겼을 것이다.

그래도 참으로 용케 돌아와 주었다. 어지간히 고생한 탓도 있겠지만, 그래도 역시 그녀를 생판 모르는 남으로 여기지는 않았다는 증거다. 게다가 하필이면 오늘 밤 이런 시각에 불을 켜고 잡지를 읽고 있었던 것은 왠지 모를 예감이 들어서였을 것이다. 아니, 생각해 보면 요사이 사흘 동안 잠을 한숨도 못 잔 것도 실은 릴리가 돌아오기를 자기도 모르게 애타게 기다리고 있었기 때문이다. 그런 생각이 들자 그녀는 눈물이 흐르는 것을 참을 수가 없었다.

“알겠지, 릴리야, 이젠 아무 데도 가면 안 돼.”

그렇게 또 한 번 꼭 끌어안자 희한하게도 릴리는 가만히 얌전하게 계속 품에 안겨 있었다. 아무 소리도 내지 않고 그저 애절한 눈빛을 짓고 있는 이 나이 든 고양이의 마음속이 지금 그녀에게는 이상하리만큼 또렷이 들여다보였다.

“너, 틀림없이 배고프겠지만 오늘 밤은 너무 늦었어. 부엌을 뒤져보면 뭔가 있기야 있겠지만 지금은 어쩔 수가 없어. 여긴 내 집이 아니니까. 내일 아침까지 기다리렴.”

그녀는 한 마디 한 마디 말을 할 때마다 뺨을 비볐다. 그리고 드디어 릴리를 방바닥에 내려놓고 잊고 있었던 창문 단속을 한 다음, 방석 위에 잠자리를 마련하고 그날 이후로 계속 벽장 안에 넣어 두었던 모래통을 꺼내는 등 이것저것 준비를 했다. 그 와중에도 릴리는 내내 뒤를 졸졸 좇아다니며 발밑에서 엉겨 붙었다. 그리고 잠시라도 멈춰 서면 바로 곁으로 달려와 고개를 한쪽으로 갸우뚱하면서 몇 번이고 귀를 비벼 댔다.

"그래, 그래, 이제 됐어. 알았다니까. 자, 이리 와서 어서 자야지, 자야지."

그녀는 릴리를 안고 와서 방석 위에 내려놓고 서둘러 불을 끄고서야 겨우 자신의 이부자리 속으로 들어왔다. 그런데 1분도 채 지나지 않아, 느닷없이 베갯머리 부근에서 햇볕에 쬔 듯한 털 냄새가 훅 나더니, 벨벳처럼 부드러운 털이 난 물체가 이불을 들썩들썩 들치며 들어왔다. 그리고 머리부터 쑤욱 파고들어 다리 쪽으로 내려가 잠시 이불 끝에서 우왕좌왕하더니, 다시 위로 올라와 잠옷 품속으로 머리를 들이밀고 가만히 있었다. 그러더니 드디어 사뭇 기분 좋다는 듯이 무척 큰 소리로 목구멍에서 가르릉 가르릉 하기 시작했다.

그러고 보니 예전에 쇼조의 이불 속에서 이 가르릉 소리가 났었는데, 옆에서 그 소리를 들을 때마다 말로 표현할 수 없는 질투를 느꼈었다. 그런데 오늘 밤은 유난히 가르릉 소리가 크게 들리는데, 기분이 너무 좋아서 그런지, 아니면 자신의 이불 속에서 나는 소리라서 더 크게 울려 그런지 모르겠다. 그녀는 차갑게 젖은 릴리의 코끝과 신기하게 토실토실한 발바닥이 가슴 위에 느껴졌는데, 생전 처음 겪는 일이라 그런지 기분이 묘하면서도 기뻤다. 깜깜한 어둠 속에서 더듬더듬 손으로 턱 주변을 쓰다듬어 주자, 릴리는 더욱 큰 소리로 가르릉 하다가 이따금 검지 끝을 갑자기 콱 물어 이빨 자국을 냈는데, 아직 이런 일을 겪은 경험이 없는 그녀도 릴리가 묘한 흥분과 기쁨으로 그런 행동을 한다는 것을 알 수 있었다.

이튿날부터 릴리는 시나코와 완전히 사이가 좋아져 진심으로 신뢰하는 것처럼 보였고, 이제 우유든 가쓰오부시를 얹은 밥이든 뭐든지 맛있다는 듯이 먹었다. 배변통 안의 모래에 하루에 몇 번 배설을 하는 바람에 항상 그 냄새가 다다미 넉 장 반 크기의 방 안에 물씬 풍겼다. 하지만 그녀는 그 냄새를 맡고 있으면 이런저런 기억들이 되살아나, 아시야에서 살던 그리운 시절로 되돌아간 듯한 기분이 들었다. 이는 당연한데, 아시야의 집에서 살 때는 해가 뜰 때나 질 때나 이 냄새가 나지 않았던가. 그 집 장지문에도 기둥에도 벽에도 천장에도 한결같이 이 냄새가 배어 있었는데, 그녀는 남편과 시어머니와 함께 산 4년 동안 그 냄새를 맡으면서 온갖 억울하고 서러운 일들을 참고 견디지 않았던가. 그때는 이 불쾌한 냄새가 저주스럽기만 했는데, 지금은 어째서 똑같은 그 냄새가 이토록 달콤한 추억을 불러일으키는 걸까? 그 시절에는 이 냄새 때문에 더 미웠는데, 지금은 오히려 이 냄새 때문에 얼마나 더 사랑스러운가. 그녀는 그 뒤로 밤마다 릴리를 안고 잠들면서, 이런 유순하고 사랑스러운 짐승을 옛날에는 어째서 그토록 싫어했을까 하고 생각하니, 그 무렵의 자신이 지독히도 심성이 비뚤어진 마귀 같은 여자로까지 여겨졌다.

그럼 이제, 시나코가 왜 이 고양이 문제로 후쿠코에게 심술궂은 편지를 보냈고 또 쓰카모토를 통해 그토록 끈질기게 부탁을 했는지, 그 동기에 대한 설명이 필요할 것이다. 솔직히 말해, 거기에 장난기나 심술기가 발동했던 것은 틀림없는 사실이고, 또 쇼조가 고양이에 이끌려 이곳을 찾아올지도 모른다는 희망도 있었다. 하지만 당장 눈앞에 닥칠 그런 일보다는 사실, 좀 더 먼 앞날의 일, 그러니까 이르면 반년, 늦어도 1년이나 2년쯤 지나면 후쿠코와 쇼조 사이에 문제가 생길 거라고 생각한 것이다. 실은 애초에 쓰카모토가 중매를 서며 했던 말에 혹해서 시집을 간 것이 실수이긴 했다. 이제 와서 생각하면, 게으름뱅이에다가 패기도 없고 일도 안 하는 남자 따위에게는 오히려 버림받는 편이 더 나았는지도 모른다. 하지만 그녀는 아무리 생각해도 울화통이 터지고 체념할 수가 없었는데, 왜냐하면 그래도 당사자끼리는 싫증이 난 것도 아닌데 주위에서 잔꾀를 부려 쫓겨났다고 확신했기 때문이다. 물론 그녀가 그렇게 말한다면 쓰카모토 같은 사람들은, '아니, 그렇게 생각하는 건 당신의 자만심이지 않나요. 물론 시어머니와 사이가 안 좋은 건 당연하겠지만, 부부 사이도 영 좋지 않았잖아요. 당신은 남편을 미련퉁이라 부르며 모자란 사람으로 대했고, 남편은 당신이 기가 세다면서 기죽어 있었지요. 툭하면 부부 싸움을 한 걸 보면 어차피 성격이 맞지 않은 거예요. 만약 남편이 정말로 당신을 좋아했다면 아무리 옆에서 부추긴다고 해도 밖에서 딴 여자를 만들 리는 없잖아요' 하고 대놓고 말은 못 해도, 틀림없이 속으로는 그렇게 생각하고 있을 것이다.

그러나 그건 쇼조라는 사람의 성격을 몰라서 하는 말이다. 그녀의 시각에서 보면, 그는 옆에서 누가 세게 밀어붙이면 싫든 좋든 찍소리도 못하는 사람이다. 천하태평이랄까, 줏대가 없다랄까, 이것보다 저것이 더 낫다는 말을 들으면 금세 마음이 흔들려 그쪽으로 가 버린다. 하지만 그렇기는 해도 자기 스스로 딴 여자를 만들고 조강지처를 내쫓을 만큼 하나에만 깊이 골똘하는 그런 성격은 아니었다. 그래서 시나코는 남편이 자신에게 푹 빠졌다고 느낀 기억은 없지만 그렇다고 남편에게 미움을 받았다고 생각하지 않았고, 또 주위 사람들이 계획적으로 부추기지만 않았다면 부부의 연이 끊어지지는 않았으며, 자신이 이렇게 괴로운 처지가 된 것은 오로지 오린과 후쿠코, 후쿠코의 아버지가 계략을 꾸몄기 때문이라고 생각했다. 좀 더 과장해서 말하면, 부부 사이를 억지로 갈라놓았다는 느낌이 가슴 한구석에 응어리처럼 맺혀 미련이 남았던 것이다. 여하튼 이대로는 도저히 참고 있을 수 없었다.

그런데 그렇다면 시나코는 오린과 그 주변 사람들의 속셈을 어렴풋이나마 알아차렸을 때 뭔가 대책을 마련할 수도 있었을 텐데, 왜 그러지 못했을까? 또, 결국 아시야에서 쫓겨나게 되었을 때도 왜 좀 더 이를 악물고 버티지 못했을까? 그런 유의 책략에서는 시어머니 오린에 맞서는 좋은 적수라는 말을 들었던 그녀가 의외로 깨끗이 항복하고 순순히 집을 나간 건 왜일까? 평소 지기 싫어하는 성격과도 어울리지 않는 행동이었지만, 역시 거기에는 그녀다운 속셈이 없는 것도 아니었다.

사실 이번 일은 그녀가 처음에 약간 방심을 한 탓에 이렇게 된 것이다. 무슨 말인가 하면, '아무리 그래도 오린이, 바람기가 다분하고 한때 불량소녀였던 후쿠코를 며느리로 맞을 생각까지는 없을 테고, 또 바람기 많은 후쿠코도 아마 참고 지내지는 못할 것이다'라는 생각에 얕잡아 본 것이다. 거기에 약간의 계산 착오가 있기는 했지만, 어차피 둘 사이가 오래가지는 못할 거라는 생각에는 지금도 변함이 없다. 다만 후쿠코는 나이도 젊고, 남자들이 좋아하는 얼굴 생김새에, 내세울 만한 학벌은 아니지만 여학교도 1~2년쯤 다닌 데다가 무엇보다 지참금이 딸려 있으니, 쇼조로서는 다 차려 놓은 밥상 앞에서 젓가락을 들지 않을 이유가 없었고, 한동안은 운이 트였다고 생각할지도 모른다. 하지만 결국 후쿠코는 쇼조만으로는 성에 차지 않아 바람을 피울 수밖에 없을 것이다.

어쨌든 후쿠코는 한 남자만으로는 만족하지 못하는 성질로 이미 평판이 나빴고, 어차피 이번에도 일을 낼 것이 불을 보듯 뻔한데, 그런 꼴을 눈뜨고 볼 수 없을 정도가 되면 제아무리 사람 좋은 쇼조라 해도 가만있지는 못할 테고, 오린 역시 포기해 버릴 것이 분명했다. 쇼조야 어차피 그렇다고 해도, 매사에 빈틈없다는 소리를 듣는 오린의 눈에 그만한 것이 안 보였을 리 없을 테지만, 이번에는 욕심이 앞서는 바람에 그만 무리한 꾀를 부린 건지도 모른다.

그래서 시나코는 여기서 섣불리 발버둥을 치기보다는, 일단은 적에게 승리를 안겨 준 다음에 차차 뒷일을 도모해도 늦지는 않겠다는 속셈이었을 뿐, 쉽게 단념한 것은 아니었다. 하지만 당연히 이런 속내는 쓰카모토에게조차 털끝만큼도 내색하지 않았다. 겉으로는 동정을 받을 수 있도록 될 수 있는 한 가련한 모습을 보이고, 속으로는 어떻게 해서든지 다시 그 집으로 돌아갈 테니 그때 두고 보자는 생각을 하면서, 그런 바람이 언젠가는 이루어지리라는 희망을 품고 살았다.

또 시나코는 쇼조가 믿음직하다는 생각은 들지 않았지만, 왠지 모르게 미워할 수는 없었다. 그렇게 철없이 빈둥거리고, 주변 사람들이 오른쪽이라고 하면 오른쪽으로, 왼쪽이라고 하면 왼쪽으로 가는 식으로 사는 사람이니, 이번에도 그 사람들이 하라는 대로 했을 테지만, 그걸 생각하면 마치 어린아이를 혼자 걷게 내버려 두는 것처럼 불안하고 불쌍한 마음이 들었다. 그리고 본래 그런 점에서 희한하게 귀여운 구석이 있는 사람이라, 한 사람의 어엿한 남자라고 생각하면 화가 치밀 때도 있지만, 어느 정도 자기보다 못하다고 여기고 대하면 묘하게 순하고 다정한 기질이 있었다. 하지만 점점 그런 마음에 끌리다 보니 꼼짝달싹 못 하게 되어, 결국 자기 물건까지 모조리 내어 주고 맨몸으로 쫓겨나기까지 한 것인데, 그녀로서는 그렇게까지 열과 성을 다해서인지 더더욱 미련이 남았다. 정말이지 지난 한두 해 동안 그 집 살림의 절반 이상은 연약한 그녀의 힘만으로 버텨오지 않았던가. 다행히 바느질 솜씨가 좋아서 이웃에서 일감을 받아 와 밤에도 눈을 못 붙이고 삯바느질을 하며 그럭저럭 살림을 꾸려 갔으니, 그녀가 일을 안 했더라면 제아무리 잘난 시어머니라도 무엇을 할 수 있었을까? 오린은 동네에서 미움을 받았고, 쇼조는 저런 식으로 조금도 믿음이 가지 않는 사람이라서, 여기저기 갚아야 할 돈이 늘어나고 빚 독촉도 성가시게 받았지만, 오로지 그녀를 동정하는 사람들의 마음이 있었기에 결산 날짜를 넘길 수 있지 않았던가.

그런데도 그 배은망덕한 모자는 욕심에 눈이 멀어 그런 여자를 집안에 불러들여, 모자란 쪽을 좀 더 조건이 좋은 쪽으로 바꿔치기한 것이겠지만, 뭐, 그 여자가 집을 잘 관리할 수 있을지 어떨지는 두고 보면 될 일이다. 지참금을 가지고 오는 거야 좋지만, 혹시라도 그런 게 있다면 며느리는 더더욱 제멋대로 굴 테고, 쇼조도 그걸 핑계 삼아 게으름을 피울 테니, 결국 시어머니와 아들, 며느리, 세 사람의 속셈은 제각각 틀어져 버리고 싸움이 끊이지 않을 것이다. 그리고 그제야 비로소 전처의 고마움을 진심으로 알게 될 것이다. 시나코는 이렇게 행실이 나쁘지 않았어, 이럴 때는 이렇게도 해 주고 저렇게도 해 주었는데, 하며 쇼조는 물론 시어머니도 자신의 잘못을 인정하고 후회할 것이다. 그 여자는 또 자기 나름대로 온 집안을 휘젓고 다니다가 마침내는 집을 나가 버릴 게 분명하다. 그렇게 될 것이 불을 보듯 뻔해서 도장을 찍어 보증이라도 해 주고 싶을 정도인데, 그걸 모르다니 불쌍한 사람이야, 하고 그녀는 속으로 비웃으며 때를 기다리려는 속셈이었다. 하지만 그래도 조심성이 많은 그녀는 그때까지 기다리면서 릴리를 맡아 두겠다는 계획을 짜낸 것이다.

그녀는 비록 1~2년이긴 하지만 상급 학교에 다닌 적이 있는 후쿠코에게, 많이 배우지 못했다는 열등감이 항상 있었다. 하지만 실질적인 지혜로 겨룬다면 후쿠코에게든 오린에게든 지지 않는다는 자부심이 있었기 때문에, 릴리를 데려온다는 방책이 떠올랐을 때는 스스로 생각해도 묘안이라며 혼자 감탄해 마지않았다. 그도 그럴 것이, 릴리만 이곳에 데려와 놓으면, 쇼조는 비가 오고 바람이 부는 날 릴리를 떠올릴 때마다 그녀도 함께 생각하게 될 테고, 그러면 릴리를 가여워하는 마음이 자신도 모르는 사이에 그녀를 애처로워하는 마음으로 변할 수도 있기 때문이다. 그렇게 되면 정신적으로는 언제까지나 인연이 이어질 테고, 거기에 후쿠코와 사이가 틀어지기라도 한다면 결국 쇼조는 릴리가 그리워지고 그러다 보면 덩달아 전처도 보고 싶어질 것이다. 그녀가 아직도 재혼하지 않고 고양이와 함께 쓸쓸히 살고 있다는 소식이 들리면, 사람들의 동정이 쏠리는 것은 당연할 것이고 쇼조 역시 나쁘게 생각할 리가 없을 텐데, 그러다 보면 점점 후쿠코에게 정나미가 떨어져, 결국은 쇼조와 후쿠코 둘 사이를 손끝 하나 대지 않고 갈라놓을 수 있어 하루빨리 다시 함께 살 수 있다.

뭐, 그렇게 생각대로만 척척 된다면 다행이겠지만, 어쨌든 그녀 자신은 그렇게 계획을 세우고 있었다. 다만 골치 아픈 문제는 과연 릴리를 순순히 넘겨줄지 알 수 없다는 것이었는데, 그것도 후쿠코의 질투심만 불러일으킨다면 별 탈 없이 해결되리라 생각했다. '그러니까 그 편지에 쓴 문구 같은 것도 그렇게 먼 훗날을 내다보고 쓴 것이고, 단순히 장난이나 못된 마음에서 보낸 것은 아니었는데, 딱하게도 머리가 나쁜 무리는 왜 내가 좋아하지도 않는 고양이를 갖고 싶어 하는지 그 진짜 속뜻을 도저히 알아차리지 못할 거야. 그리고 이래저래 우스꽝스럽기 그지없는 추측을 하거나, 유치하게 야단법석을 떨겠지.' 그렇게 생각하면서 시나코는 억누를 수 없는 우월감을 느꼈다.

여하튼 그런 사정이 있었으니, 애써 데려온 릴리가 도망가 버렸을 때의 낙담과, 또 생각지도 못하게 릴리가 되돌아왔을 때의 기쁨이 아무리 컸다고 해도, 분명 그것은 '먼 훗날을 내다본 계획'에 따른 타산적인 감정일 뿐, 릴리에 대한 진정한 애착일 리가 없었다. 하지만 그때 이후로 함께 이층에서 살기 시작하면서 전혀 예상하지 못한 결과가 나타난 것이다. 그녀는 햇볕에 쬔 듯한 냄새가 나는 한 마리의 짐승을 밤마다 껴안고 한 이불 속에 누워, 어째서 고양이는 이토록 사랑스러울까, 그런데도 왜 예전에는 이런 사랑스러움을 몰랐던 걸까, 하고 이제 와서 후회하고 자책했다. 아마도 아시야에서 살던 시절에는 처음부터 이상하게 반감이 있어서 그랬던지 이 고양이의 아름다움이 눈에 들어오지 않았지만, 그것도 사실은 질투하는 마음이 있어서였다. 질투심 때문에 원래는 사랑스러운 몸짓이 그저 밉살스러워 보였던 것이다. 예를 들면, 추울 때는 언제나 남편 이불 속으로 파고드는 이 고양이가 미웠을 뿐 아니라 남편마저 원망스러웠는데, 이제 와서 생각하니 미워할 것도 원망할 것도 전혀 없었다. 사실 그녀도 지금 같은 때는 혼자서 잠이 드는 이불 속의 차가움을 사무치게 느끼고 있지 않은가. 하물며 고양이라는 짐승은 인간보다 체온이 높아서 추위를 더 많이 탄다. 고양이에게 더운

날은 도요(土用)* 중 사흘뿐이라는 말이 있다. 그렇다면 이제 가을 중순이 되었으니, 나이 먹은 릴리가 따뜻한 이부자리가 그리워 다가오는 건 당연한 일이 아닌가. 아니, 그보다도 이렇게 고양이와 잠이 들 때 그녀 자신이 느끼는 따스함이란! 예년 같으면 오늘 밤처럼 추운 날에는 따뜻한 유탄포 없이는 잠들 수도 없을 텐데, 올해는 아직 그런 게 없어도 춥다는 생각이 들지 않는 것은 릴리가 들어와서 함께 있어 준 덕분이 아닌가. 오히려 그녀 자신이 밤마다 릴리를 떼 놓을 수 없게 된 것이 아닌가.

예전에는 제멋대로만 구는 꼴이 미웠고, 상대가 누군지에 따라 태도를 바꾸는 모습이 미웠으며, 겉과 속이 다른 것도 미웠지만, 그 모든 것도 오로지 이쪽의 애정이 부족해서 그랬던 것이다. 고양이에게는 고양이의 지혜가 있어 인간의 마음을 잘 알아차린다. 이쪽이 지금까지와 달리 진심으로 애정을 품으니 금세 돌아와 이렇게 허물없이 친하게 대해 주는 것이 바로 그 증거가 아닐까. 그녀가 자신의 기분이 변한 것을 의식하기도 전에 릴리가 더 빨리 냄새를 맡고 알아차렸을 정도가 아닌가.

• 입추 전의 18일간으로, 여름 중 가장 더운 기간.

시나코는 여태껏 고양이는 말할 것도 없고 사람에게조차 이토록 아기자기한 애정을 느껴 본 적도, 표현한 적도 없다는 생각이 들었다. 왜 그런가 하면, 오린은 물론이고 많은 사람한테서 기가 센 여자라는 말을 들어 온 탓에, 어느새 스스로도 그렇게 믿게 된 것이 한 가지 이유였다. 요사이 릴리를 위해 온갖 정성으로 고생하고 마음 쓰는 것을 생각하면, 자신의 마음속 어디에 이렇게 따스하고 상냥한 정서가 숨겨져 있었을까 하고 새삼 놀랐다. 그러고 보니, 예전에 쇼조는 고양이를 돌보는 일만큼은 절대로 남의 손에 맡기지 않았다. 날마다 밥은 잘 먹는지 걱정하고, 이삼일에 한 번씩 모래 상자 안의 모래를 갈아 주러 바닷가까지 나가고, 시간이 나면 벼룩을 잡아 주거나 털을 빗겨 주기도 하고, 코가 말라 있지는 않은지, 변이 너무 무르지는 않은지, 털이 빠지지는 않는지 하나부터 열까지 마음을 썼다. 또 조금이라도 이상한 데가 있으면 약을 먹이고 부지런히 정성을 쏟았다. 그러는 모습을 보고, '저 게으름뱅이가 저런 귀찮은 일도 하는구나' 하는 생각에 시나코는 점점 더 반감이 솟았는데, 지금은 쇼조가 하던 일을 자신이 그대로 따라 하고 있지 않은가. 게다가 지금 사는 집은 그녀의 집도 아니었다. 자기가 먹는 만큼은 스스로 벌어서 여동생 부부에게 돈을 내는 조건으로 살고 있으니 아예 얹혀산다고는 할 수 없지만, 그래도 왠지 고양이를 키우는 게 신경이 쓰였다.

여기가 자기 집이면 부엌을 뒤져서라도 남은 음식을 찾아보겠지만 남의 집에서 그럴 수는 없는 노릇이라, 자기 몫을 먹지 않고 남겨 두거나 시장에 가서 뭐라도 구해 와야 했다. 안 그래도 알뜰한 성격인데 더 절약하며 사는 형편이니, 비록 장을 조금만 본다고 해도 릴리 때문에 지출이 느는 것이 꽤 부담이 되었다. 게다가 또 하나 번거로운 것이 바로 모래였다. 아시야의 집은 바닷가까지 겨우 대여섯 정쯤 떨어져 있어서 모래를 구하는 데 불편함이 없었지만, 이곳 한큐 전철 선로에서 바닷가까지는 한참 멀었다. 다만 처음 이삼일은 공사장에서 모래를 얻을 수 있었지만, 하필 요즘은 어디를 가든 모래 비슷한 건 볼 수가 없었다. 그렇다고 해서 모래를 갈지 않고 그대로 두면 악취가 너무 심해 나중에는 아래층까지 냄새를 풍기는 바람에 여동생 부부가 싫은 내색을 보였다. 결국 어쩔 수 없이 밤이 깊어지면 그녀는 몰래 작은 삽을 들고 밖으로 나가 근처 밭에 있는 흙을 퍼 오거나, 소학교 운동장의 미끄럼틀 주변에 있는 모래를 훔쳐 오기도 했는데, 그렇게 밖으로 나가는 밤이면 하필 개가 짖기도 하고 수상한 남자가 뒤를 쫓아오기도 했다.

정말이지, 릴리를 위해서가 아니라면 어느 누가 부탁한들 이렇게 싫은 일을 할 수 있을까. 하지만 릴리를 위해서라면 이런 고생도 싫지 않으니, 대체 이게 무슨 일인가 하는 생각이 들었다. 아시야에 살던 때에는 어째서 지금의 반만큼도 애정을 가지고 이 짐승을 예뻐해 주지 않았을까, 자신에게 그런 마음만 있었더라면 아마도 남편과 그렇게 헤어지지도 않았을 테고 또 이렇게 괴로운 일도 겪지 않았을 텐데, 하고 새삼 후회가 되어 견딜 수가 없었다. 생각해 보니, 그 누구의 잘못도 아니었다. 모든 것은 자신의 부족함 때문이었다. 아무 죄도 없는 이 다정한 짐승 한 마리조차 사랑할 수 없는 여자였기에 남편에게마저 미움을 받은 건 아니었을까. 자신에게 그런 결점이 있었기 때문에 주변 사람들이 그것을 약점으로 이용한 게 아니었을까…….

11월이 되면서 아침저녁으로 추위가 부쩍 심해져, 밤에는 때때로 롯코 쪽에서 불어 내려오는 차가운 바람이 문틈을 비집고 스며들어와, 시나코와 릴리는 전보다 더 달라붙어서 꼭 끌어안고 떨면서 잤다. 그리고 마침내 더는 추위를 참을 수 없자 유탄포를 쓰기 시작했는데, 그때 릴리가 기뻐하는 모습은 이루 말로 표현할 수 없었다. 시나코는 밤마다 유탄포의 온기와 고양이의 생기로 따끈따끈해진 이불 속에서 가르릉 가르릉 소리를 들으며, 품 안에 있는 짐승의 귀에 코를 갖다 대고 말했다.

"네가 나보다 훨씬 정이 있구나."

또 이렇게 말하기도 했다.

"나 때문에 너까지 이렇게 쓸쓸하게 지내게 해서 미안해."

"하지만 이제 곧 끝날 거야. 조금만 더 참아 주면 나랑 같이 아시야 집으로 돌아갈 수 있어. 그럼 그때는 셋이서 사이좋게 살자꾸나."

그런 말을 하니 혼자서 눈물이 솟구쳐 올라, 한밤중에 깜깜한 방 안에 릴리 말고는 달리 보는 사람도 없는데 당황하여 이불을 푹 뒤집어썼다.

오후 네 시가 넘어 후쿠코가 이마즈에 있는 친정에 다녀오겠다고 하자, 그때까지 안쪽 툇마루에서 난초 화분을 만지작거리고 있던 쇼조가 기다렸다는 듯이 일어났다.

"엄마."

그는 부엌문 쪽을 향해 말을 걸었지만, 빨래하는 어머니는 물소리 때문에 들리지 않는 모양이었다.

"엄마."

또 한 번 소리 높여 불렀다.

"가게 좀 봐 줘요. 잠깐 어디 좀 다녀올 테니까."

그러자 철벅철벅하는 물소리가 갑자기 그쳤다.

"뭐라고?"

어머니의 야무진 목소리가 장지문 너머로 들려왔다.

"나 잠깐 어디 좀 다녀온다고."

"어딜?"

"바로 요 앞에."

"뭐 하러?"

"그렇게 꼬치꼬치 좀 묻지 마."

그렇게 말하면서 순간 부루퉁해진 표정으로 콧구멍을 벌름거렸지만, 금세 마음을 고쳐먹은 듯 여느 때처럼 응석 부리는 듯한 말투로 말했다.

"저기 말이야, 잠깐 30분만 당구 좀 치고 오면 안 될까?"

"근데 너, 당구 안 치겠다고 약속하지 않았니?"

"한 번만 갔다 올게. 그래도 벌써 보름이나 안 쳤잖아. 부탁이야, 정말로."

"괜찮을지 어떨지 난 모르겠다. 후쿠코가 있을 때 말하고 다녀와라."

"왜?"

묘하게 힘이 들어간 아들의 목소리를 들으니, 뒷문 쪽에서 대야 앞에 쭈그리고 앉아 있는 어머니에게, 아들이 떼를 쓸 때 짓는 표정이 또렷이 떠올랐다.

"왜 일일이 마누라한테 보고해야 하는 거지? 괜찮은지 어떤지 후쿠코한테 안 묻고 그냥 엄마가 대답해 주면 안 돼?"

"그런 건 아니지만, 주의해서 보라는 부탁을 받아서 그렇잖니."

"그럼 엄만 후쿠코의 염탐꾼이었어?"

"뭔 바보 같은 말이냐."

그러고는 더 이상 상대하지 않고 다시 첨벙첨벙 마구 물소리를 내기 시작했다.

"엄만 도대체 누구 엄마야? 나야, 후쿠코야? 어느 쪽이야? 어느 쪽이냐고?"

"이제 그만해라. 그렇게 큰 소리를 내다가 이웃에 들리기라도 하면 볼썽사납지 않겠니."

"그럼 빨래는 잠깐 두고 이리 좀 와 봐."

"알았다, 알았어. 더는 아무 말도 안 할 테니, 어디든 가고 싶은 데 다녀와라."

"아니, 그러지 말고 잠깐 와 보라니까."

무슨 생각을 했는지 쇼조는 느닷없이 부엌문 쪽으로 가더니, 수챗구멍 앞에서 쪼그리고 앉아 있는 어머니의 비누 거품이 잔뜩 묻은 손목을 붙잡고 안방으로 억지로 데려갔다.

"엄마, 마침 잘 됐어. 이것 좀 봐."

"뭔데, 이리 호들갑을 떨고……."

"이것 좀 보라고……."

쇼조가 부부 거실로 쓰는 다다미 여섯 장 크기의 안쪽 방에 있는 벽장문을 연다. 아래쪽 구석에 놓인 버드나무 함과 서랍장 사이의 어두컴컴한 빈틈에 붉은색의 빨래 더미가 뭉쳐져 있는 것이 보인다.

"저기 저거, 뭔 거 같아?"

"아니 저건, 그건가……?"

"저거 전부 후쿠코의 더러운 빨랫감이잖아. 저런 식으로 하나둘 처박아 두기만 하고 빨래라곤 전혀 안 하니까 왕창 쌓여서 서랍을 열 수도 없어."

"이상하구나. 며느리가 빨래는 하나하나 세탁소에 맡기는데……."

"그래도 설마 속옷까지 맡기겠어?"

"아아, 저게 속옷인가?"

"그렇다니까. 아무리 그래도 그렇지, 여자가 저렇게 칠칠치 못하니, 정말 어처구니가 없어서 말이야. 하는 행동을 보면 엄마도 알 텐데, 뭐라고 잔소리 하나 안 하잖아. 나한테만 시시콜콜 잔소리하면서 후쿠코는 뭘 하든 못 본 체하잖아."

"이런 곳에 이런 게 처박혀 있는 걸 내가 어찌 알겠니?"

"아니, 엄마!"

갑자기 쇼조가 깜짝 놀라며 목소리를 높였다. 어머니가 벽장 선반 아래로 기어들어 가더니, 빨랫감을 헤적헤적 들추며 끄집어내기 시작했기 때문이다.

"그걸 어쩌려고 그래?"

"좀 깨끗이 해 줄까 싶어서……."

"그만둬, 더럽게! …… 그만두라니까!"

"괜찮다. 나한테 맡겨……."

"뭐 하는 거야? 시어머니가 그런 며느리 빨랫감에나 손을 대고! 엄마한테 그렇게 해 달라는 뜻으로 말한 게 아니야. 후쿠코한테 그렇게 시키라고 이러는 거잖아."

오린은 못 들은 척하면서 둘둘 말아놓은 붉은 양모 플란넬 대여섯 뭉치를 어두컴컴한 벽장 안에서 끄집어내더니, 두 팔로 감싸 안고 부엌문 쪽으로 가져가 양동이 안에 넣었다.

"그걸 빨아 주려는 거야?"

"그런 건 신경 쓸 필요 없다. 남자는 잠자코 있는 거야."

"어째서 후쿠코한테 자기 속옷쯤은 직접 빨라고 시키지 않는 거야? 응, 엄마?"

"시끄럽다. 그냥 양동이 안에 넣고 물에 담가만 둘 거야. 이렇게 해 놓으면 자기가 알아서 빨래를 하겠지."

"바보같이, 그런 걸 알 만한 여자야?"

어머니는 말은 그렇게 해도 분명 손수 빨아 줄 게 틀림없기 때문에 쇼조는 더 분이 가라앉지 않았다. 그리고 옷도 갈아입지 않고, 두툼한 무명옷 차림으로 흙바닥에 놓인 짚신을 신더니, 훌쩍 자전거에 올라타고 나가 버렸다.

조금 전에 당구 치러 간다고 했을 때는 정말로 그럴 생각이었지만, 방금 그 일로 속이 부글부글 끓어올라 당구 따위에는 관심도 없어졌다. 딱히 갈 데도 없지만 쇼조는 자전거 종소리를 마구 울리며 아시야 강가의 길을 따라 새 국도 쪽으로 쭉 올라가다가, 나리히라 다리를 건너서 핸들을 고베 쪽으로 돌렸다. 아직 다섯 시도 채 안 되었지만, 일직선으로 쭉 뻗은 국도 너머로 벌써 늦가을의 해가 저물고 있다. 두꺼운 띠 모양으로 가로로 흐르는 서쪽 해가 노면과 거의 평행하게 빛을 비추는 속에서, 사람들과 차들이 반쪽이 붉게 물든 채 긴 그림자를 끌면서 지나간다. 그 빛을 마주 보고 달리는 쇼조는 강철처럼 번쩍이는 포장도로에 눈이 부셔, 고개를 살짝 숙여 옆으로 돌렸다. 모리 공설 시장 앞을 지나 쇼지 정류소로 달려가는데, 마침 그때 전차 선로 건너편에 있는 어느 병원의 담장 밖에서 다다미 가게를 하는 쓰카모토가 작업 판을 놓고 부지런히 다다미를 짜고 있는 모습이 문득 눈에 들어왔다. 쇼조는 갑자기 힘이 나는 듯 가까이 다가갔다.

"바쁜가?"

쇼조가 말을 걸었다.

"어이."

쓰카모토는 하던 일을 멈추지 않고 눈인사를 했다. 날이 저물기 전에 하던 일을 마무리하려는 생각에 부지런히 바늘을 다다미에 푹푹 찌르고 빼고 했다.

"이 시간에 어딜 가나?"

"딱히 어디 갈 데는 없어. 그냥 잠깐 이 근처까지 와 본 걸세."

"나한테 볼일이라도 있나?"

"그건 아니고."

그렇게 말하고는 흠칫했지만, 할 수 없이 미간을 찌푸리고 애매한 웃음을 지었다.

"마침 이곳을 지나는 참이어서 말이나 한번 걸어 봤네."

"그런가."

쓰카모토는 눈앞에 자전거를 세워 놓고 서 있는 사람이 뭐라 하든 신경 쓰지 않겠다는 듯 곧바로 고개를 숙이고 작업을 계속했다. 아무리 바쁘다고 해도 "요즘 어떻게 지내나?" 라든가 "릴리는 단념한 건가?" 하는 인사쯤은 할 수도 있을 텐데, 하고 쇼조는 무척 섭섭한 마음이 들었다. 그도 그럴 것이, 후쿠코 앞에서는 릴리를 그리워하는 마음을 애써 억누르고 '릴리'의 '릴'자도 입에 올리지 않고 있는 만큼, 수없이 많은 감정이 가슴속에 불만으로 쌓여 있었다. 그런데 지금 이렇게 생각지도 못하게 쓰카모토를 만나니, '아이고, 이 사람한테 조금은 이 안타까운 심정을 털어놓아 보자, 그러면 얼마쯤은 마음이 풀릴 테지' 하고 사뭇 기대했었다. 그러니 쓰카모토도 하다못해 위로의 말 한마디, 아니면 그동안 소식을 못 전해서 미안하다는 사과의 말쯤은 해야 하는 게 아닌가. 왜냐하면 처음부터 릴리를 시나코에게 보낼 때 쓰카모토는 쇼조를 대신해 가끔 찾아가서 들여다보고 릴리가 어떤 대접을 받는지 알려 주겠다고 단단히 약속했기 때문이다. 물론 그건 두 사람만의 합의로, 오린이나 후쿠코에게는 절대 비밀로 해 두었다. 말하자면 그런 조건이 있었기 때문에 아끼는 고양이를 건네준 것인데도, 쓰카모토는 그날 이후로 한 번도 약속을 지키지 않은 데다, 교묘하게 사람을 속이면서 모르는 체 시치미를 떼고 있는 것이다.

하지만 쓰카모토는 일부러 모른 척하는 게 아니라, 평소에

늘 장사가 바빠 정신이 없었던 게 아닐까? 다행히 여기서 만났으니 한마디 원망 섞인 말이라도 하고 싶었지만, 이렇게 정신없이 일에 빠진 사람에게 이제 와서 한가하게 고양이 이야기를 꺼낼 수도 없는 노릇에다, 설령 꺼냈다고 한들 오히려 화만 돋우는 게 아닐까?

저녁노을이 점차 옅어지는 가운데, 쇼조는 쓰카모토의 손안에 있는 다다미 바늘이 하염없이 반짝반짝 빛나는 것을 넋이 빠진 듯 바라보면서 멍하니 서 있었다. 마침 그 주변은 국도이지만 인가가 드문드문 있고, 남쪽에는 식용 개구리를 키우는 연못이, 북쪽에는 국도에서 교통사고로 죽은 사람들을 공양하려고 얼마 전에 커다란 돌로 만든 '국도 지장보살상'이 덜렁 서 있을 뿐이다. 병원 뒤쪽에는 논이 펼쳐져 있고, 저 멀리 한큐전철 선로 너머의 산들이 조금 전까지는 맑게 갠 공기 속에서 또렷이 굽이치고 있었는데, 이제는 해 질 녘의 옅은 푸른색 안개에 둘러싸여 있다.

"그럼 난 이만."

"다음에 들르게."

"조만간 짬을 내서 다시 오지."

쇼조는 한쪽 발을 페달에 올리고 두세 걸음 내디뎠지만 역시나 단념할 수 없었다.

"저기……."

하며 그는 다시 돌아왔다.

"쓰카모토, 일하는 데 방해해서 정말 미안한데, 실은 좀 물어보고 싶은 게 있어서 말이야."

"뭔데?"

"내가 지금 롯코까지 가 볼까 해서 그런데……."

"뭐 하러?"

이제 겨우 다다미 한 장을 다 짜고 일어서려는 쓰카모토는 어이가 없다는 듯한 표정으로, 껴안고 있는 다다미 하나를 또 쿵 하고 판 위에 얹었다.

"그게 말이야, 그 뒤로 어떻게 됐나 도무지 알 수가 없어서……."

"자네, 진심으로 하는 말인가? 좀 내버려 둬, 남자답지 못하게!"

"그게 아니고, 쓰카모토! …… 그런 말이 아냐."

"그래서 내가 그때도 분명히 물었지? 그런데 그때 자네가, 그 여자한테 아무런 미련도 없다, 얼굴만 봐도 화딱지가 난다고 하지 않았나!"

"쓰카모토, 내 말 좀 들어 봐! 시나코가 아니라 고양이 때문이라고."

"뭐? 고양이?"

쓰카모토의 눈가와 입가에 갑자기 빙긋이 미소가 떠올랐다.

"아아, 고양이 말인가?"

"그렇다니까. 자네 그때 말이야, 시나코가 고양이를 예뻐해 주는지 아닌지, 가끔 들여다봐 주기로 한 거 기억하지?"

"그런 말을 했던가? 여하튼 올해는 물난리 때문에 어지간히 바빴으니까."

"그거야 알다마다. 그러니까 자네더러 가 달라는 말은 아니고."

비꼬는 말이었지만 상대는 전혀 눈치채지 못했다.

"자네, 아직도 그 고양이를 못 잊은 건가?"

"어떻게 잊어버리겠나? 그날 이후로 시나코가 괴롭히지는 않을까, 적응은 잘하고 있을까, 걱정이 돼서 밤마다 꿈에 나올 정도라네. 그래도 후쿠코 앞에서는 입도 뻥긋할 수 없으니 마음만 더 괴롭고……."

그러면서 쇼조는 가슴을 치면서 울상을 지었다.

"…… 사실 전에도 한번 보러 가려고 했는데, 한 달이나 나 혼자서는 밖에도 못 나가게 하잖아. 그것도 그렇고 사실 난 시나코는 보고 싶지 않아. 그래서 말인데, 시나코한테 들키지 않게 릴리만 살짝 보고 올 수 있는 방법이 없을까?"

"그건 어려운데……."

이제 그만 적당히 하라고 재촉이라도 하듯, 쓰카모토는 내려놓은 다다미 판을 손질하며 말했다.

"어차피 들킬 게 뻔해. 그리고 무엇보다, 자네가 고양이를 보러 온 게 아니라 시나코한테 미련이 남아서 온 거라고 사람들이 생각하기라도 하면 골치 아파져."

"나도 그런 오해는 받고 싶지 않아."

"이제 그만 단념하게. 이미 줬으니 자네가 어떻게 생각한들 이젠 어쩔 수 없는 일이잖아, 안 그런가? 이시이."

"근데 말이야……."

쇼조는 쓰카모토의 말에는 대답도 하지 않고 또다시 물었다.

"저기, 시나코가 있는 데가 이층이었나, 아래층이었나?"

"이층인 것 같은데. 그래도 아래층에 내려올 때도 있겠지."

"집을 비울 때는 없나?"

"모르겠는데. 삯바느질을 하니까 거의 집에 있는 것 같던데."

"목욕탕에 가는 시간은 몇 시쯤일까?"

"모르지."

"그런가. 알겠네. 일하는데 너무 방해했군."

"이시이."

쓰카모토는 다다미를 안고 일어서면서, 자전거를 타고 한 두 간(間)•쯤 나아간 쇼조의 뒷모습을 향해 불렀다.

"자네, 정말로 갈 셈인가?"

"어떡할지 아직 모르겠네. 어쨌든 근처까지 가 보려고."

"가는 거야 자네 마음이지만, 나중에 골칫거리가 생겨도 나하곤 상관없는 거네."

"자네도 이 일은 후쿠코나 어머니한테는 비밀로 해 주게. 부탁이네."

그리고 쇼조는 머리를 좌우로 흔들흔들하며 철로를 건너갔다.

지금 그곳에 간다고 해도 그 집 사람들 눈에 띄지 않게 몰래 릴리를 볼 수 있을까? 다행히 집 뒤편이 공터라서 포플러나 잡풀 속에 숨어 있다가 릴리가 밖으로 나오기만을 하염없이 기다리는 수밖에 달리 방법이 없다. 하지만 마침 날이 이렇게 어두워지니, 릴리가 나온다고 해도 여간해서는 발견하

• 한 간은 약 1.8미터.

기 어려울 것 같다. 게다가 이제 슬슬 하쓰코의 남편이 직장에서 돌아올 때가 되었으니 저녁 준비로 부엌이 부산할 텐데, 이렇게 빈집털이를 하려는 도둑처럼 마냥 어슬렁거리고 있을 수만도 없다. 그렇다면 다른 날 좀 더 이른 시간에 다시 오는 것이 나을 수도 있다. 하지만 사실 릴리를 만나는 일은 제쳐 두고라도, 오랜만에 아내의 눈을 피해 여기저기 돌아다니는 것만으로도 더없이 기분이 유쾌했다. 사실 오늘이 아니면 앞으로 보름을 더 기다려야 이런 기회를 얻을 수 있다. 후쿠코는 가끔 아버지에게 용돈을 달라고 조르러 갔는데, 대개는 한 달에 두 번, 초하루와 보름 전후로 정해져 있었다. 그리고 일단 가면 꼭 저녁을 먹고 오기 때문에 빨라도 여덟아홉 시가 되어서야 돌아오는 경우가 많았다. 그러니 오늘도 지금부터 서너 시간은 마음껏 자유를 누릴 수 있어, 굶주림과 추위를 견딜 각오만 되어 있다면 뒤쪽 공터에서 적어도 두 시간은 머무를 수 있는 여유가 있었다. 그러니 릴리가 저녁밥을 먹고 나서 밖으로 나가 어슬렁거리는 습관이 지금도 남아 있다면 어쩌면 저쪽에서 만날 수 있을지도 모른다. 그러고 보니 릴리는 밥을 먹고 나면 풀이 나 있는 곳에 가서 파란 풀잎을 먹는 버릇이 있으니, 공터에서 볼 수 있는 희망은 더 클 것이다.

이런 생각을 하면서 쇼조는 고난 학교 앞 근처까지 가서 '고쿠스이도'라는 라디오 가게 앞에 자전거를 세웠다. 그리고 밖에서 가게 안을 들여다보며 주인이 있는지 확인했다.

"안녕하십니까?"

그는 그렇게 말하며 바깥 유리문을 반쯤 열었다.

"정말 죄송한데요, 혹시 20전만 빌려주실 수 있습니까?"

"20전으로 되겠소?"

'안면이 없지는 않지만, 그렇다고 갑자기 들이닥쳐 스스럼없이 그런 말을 할 정도의 사이는 아니지 않나?' 주인은 그렇게 말하고 싶은 듯한 표정이었지만, 20전이라면 거절하기도 어려워서 휴대용 금고에서 10전짜리 동전 두 개를 꺼내 말없이 쇼조의 손바닥 위에 놓았다. 그러자 쇼조는 곧바로 건너편 고난 시장으로 달려가, 팥빵과 죽순 껍질에 싼 음식을 품 안에 넣은 채 돌아왔다.

"잠깐 부엌 좀 써도 될까요?"

사람이 좋은 건지, 희한하게도 뻔뻔스러운 데가 있는 그는 그런 말을 아무렇지도 않게 했다.

"뭐하려고요?" 하고 묻는 말에도 "좀 그럴 일이 있습니다"라고만 할 뿐 싱글싱글 웃으며 부엌에 가더니, 죽순 껍질 안에 든 닭고기를 알루미늄 냄비 안에 넣고, 가스 불을 켠 다음

물에 삶았다. 그리고 "죄송합니다"라는 말을 스무 번쯤이나 거듭하면서 미안해하며 말했다.

"자꾸 부탁해서 정말 죄송한데, 한 가지만 더 부탁해도 되겠습니까?"

그러더니 그는 자전거에 다는 램프를 좀 빌려 달라고 부탁했다.

"그럼 이걸 가지고 가시오."

주인이 안쪽에서 꺼내 온 것은 음식 배달 가게에서 쓰는 낡은 등이었는데, '우오자키초 미요시야(魚崎町三好屋)'라는 글자가 새겨져 있었다.

"오오, 이거 꽤 오래된 골동품인데요?"

"상관없소. 그냥 편할 때 돌려주면 되니까."

아직은 밖이 어슴푸레 밝아서 쇼조는 그 등을 허리춤에 끼우고 나갔다. 그리고 한큐전철의 롯코 정거장 앞 '롯코 등산 입구'라고 쓰인 커다란 기둥이 세워져 있는 곳까지 가서 자전거를 모퉁이의 찻집에 맡기고 나서, 거기서부터 두세 정쯤 위쪽에 있는 집을 향해 살짝 경사진 길을 따라 쭉 올라갔다. 그리고 그 집의 북쪽 뒤로 돌아가, 공터 안에 두세 자 높이로 무성하게 자란 풀숲 그림자 속에 웅크리고 앉아 숨을 죽였다.

거기서 조금 전에 산 팥빵을 뜯어 먹으며 두 시간 동안 참으면서 '릴리가 나오면 선물로 사 온 닭고기를 줘야지. 오랜만에 어깨에 올려놓기도 하고, 입가를 핥아 보게도 하고, 재미있게 장난치고 놀아야지' 하고 생각했다.

오늘은 처음부터 기분이 언짢아서, 딱히 갈 데는 없지만 그냥 밖으로 뛰쳐나왔다. 그랬는데 자기도 모르게 발걸음이 서쪽을 향한 데다 쓰카모토까지 만나는 바람에, 결국 도중에 결심하고 여기까지 온 것이다. 이렇게 될 줄 알았다면 외투를 입고 나왔어야 했는데, 두툼한 무명옷 안에 털실로 짠 셔츠만 입고 있으니 정말로 추위가 온몸에 사무쳤다. 어깨를 떨면서 쇼조는 별이 한가득 반짝이기 시작하는 밤하늘을 올려다보았다. 짚신을 신은 발에 차가운 풀잎이 닿자 화들짝 놀랐는데, 모자 위와 어깨를 만져 보니 이슬이 마구 쏟아지고 있었다. 아닌 게 아니라 이대로라면 추위가 심해질 텐데, 두 시간이나 이렇게 웅크리고 있다가는 감기에 걸릴지도 모른다. 그래도 부엌에서 생선 굽는 냄새가 나니까 릴리가 있다면 냄새를 맡고 어디선가 나타날지도 모른다는 생각에 쇼조는 바짝 긴장했다. 그는 작은 목소리로 "릴리야, 릴리야" 하고 불러 보았다. 뭔가 저 집안사람들이 알지 못하는, 고양이만이 알 수 있는 신호를 보낼 방법이 없을까 하고 생각했다.

쇼조가 쭈그리고 앉아 있는 풀숲 앞쪽에는 칡 이파리가 무성했고, 그 풀잎 속에서 이따금 무언가 반짝하고 빛이 났는데, 아마도 밤이슬 방울 같은 것이 멀리서 비치는 전등 불빛에 비쳐서 그럴 테다. 그런 줄 알면서도 쇼조는 그때마다 고양이 눈 같다는 생각에 가슴이 철렁 내려앉았다. …… 아아, 릴리일까? 이렇게 기쁠 수가! 그런 생각이 들자 순간 가슴이 쿵쿵거리고 명치 부근이 싸늘해졌지만, 금방 실망에 빠졌다.

이런 말을 하면 이상하게 들릴 수도 있겠지만, 쇼조는 여태껏 사람에게조차 이토록 애가 타고 안절부절못한 적이 없었다. 기껏해야 카페 여종업원을 상대로 노닥거리는 것이 고작으로, 연애다운 연애를 한 경험이라면 전처의 눈을 피해 후쿠코를 만나고 다녔을 때 기분 좋고, 애가 타고, 두근두근하고, 들뜬 느낌이 들었던 정도였다. 그래도 그때는 양쪽 부모가 몰래 부추기기도 했고 시나코 앞에서는 교묘히 모른 척해 주었기 때문에, 무리한 행동을 할 필요는 없었다. 하물며 이렇게 밤이슬을 맞으며 팥빵을 먹는 고생 따위는 할 필요도 없었으니, 그만큼 후쿠코와의 사이에는 진지함이 부족했고, 보고 싶고 만나고 싶은 마음이 이토록 한결같지는 않았다.

쇼조는 어머니도 아내도 자신을 어린아이 취급하면서, 혼자 힘으로는 살아가지 못 하는 모자란 인간으로 여기는 것이 무척 못마땅했다. 하지만 자신의 그런 심정을 알아줄 친구도 없어, 괴로운 마음을 가슴속에 담고만 있었는데, 그렇게 의지할 데도 없는 외톨이라는 생각에 더더욱 릴리를 아꼈던 것이다. 시나코, 후쿠코, 어머니, 그 누구도 그의 외로운 마음을 알아주지 않았지만, 애수로 가득한 릴리의 눈은 진정으로 그것을 꿰뚫어 보고 달래 주는 것만 같았다. 또, 인간에게 표현하는 법을 몰라 그저 마음속 깊이 품고 있는 짐승의 슬픔 같은 것을 자신만큼은 알 수 있을 것 같았다. 그런데 이렇게 헤어진 지 벌써 40일이 지난 것이다. 한때는 이제 그런 생각은 다 잊고 하루라도 빨리 단념하자고 애를 써 보기도 했다. 하지만 어머니와 아내에 대한 불만은 쌓여만 가는데 그것을 풀 데가 없자, 릴리를 향한 그리움이 어느새 또다시 고개를 들고 더는 억누를 수 없게 되었다. 쇼조가 처한 상황을 보면, 그렇게 발이 꽁꽁 묶여 나갈 때든 들어올 때든 간섭을 받으니, 오히려 그리움이 더더욱 사무쳐 잊으려고 해도 잊을 수가 없었다.

또 하나 마음에 걸리는 것은 그날 이후로 쓰카모토에게서 아무런 소식도 없다는 것이다. 그렇게 약속을 했는데 어째서 아무 소식도 전해 주지 않는 걸까? 일이 바빠서 그렇다면 어쩔 수 없겠지만, 어쩌면 그런 이유가 아니라 쇼조가 걱정할까 봐 뭔가 숨기고 있는 건 아닐까? 혹시나 시나코가 못살게 굴어, 제대로 먹지도 못하고 극도로 쇠약해진 건 아닐까? 아니면 도망쳐서 행방불명이 되었거나, 병에 걸려 죽었거나 하는 일이 생긴 건 아닐까? 그때부터 쇼조는 그런 꿈들을 자주 꾸었다. 한밤중에 눈이 번쩍 뜨이면 어디선가 "야옹" 하고 우는 소리가 들리는 것만 같아, 화장실에 가는 척하며 슬쩍 일어나 덧창문을 열어 본 적도 한두 번이 아니었다. 하도 여러 번 그렇게 헛것을 보고 들으니, 꿈에서 본 그 모습과 방금 들었던 그 소리가 릴리의 혼은 아닐까, 도망쳐 오는 길에 쓰러져 죽어 그 혼만 돌아온 게 아닐까, 그런 기분이 들어 오싹하고 몸이 떨린 적도 있었다.

하지만 시나코가 아무리 심술궂은 여자라고 해도, 또 쓰카모토가 아무리 무책임한 사람이라고 해도, 설마 릴리에게 무슨 일이 생겼는데도 입을 다물고 있을 리는 없고, 무소식이 희소식일 거라고 생각하며 불길한 상상이 떠오를 때마다 그렇게 떨쳐 버렸다. 그래도 아내가 시킨 대로 충실하게 롯코 쪽으로는 한 발짝도 떼지 않았는데, 그것은 감시가 엄해서이기도 했지만, 시나코의 꼼수에 걸려드는 게 불쾌하기도 해서였다. 그는 릴리를 데려간 시나코의 진짜 속마음이 무엇인지 지금도 확실히는 몰랐는데, '어쩌면 쓰카모토가 소식을 전해 주지 않는 것도 시나코가 시켜서 그런 게 아닐까, 그런 식으로 일부러 애를 태우게 해서 나를 불러들이려는 속셈은 아닐까' 하고 의심했다. 그래서 릴리의 안부를 확인하고 싶은 마음은 있었지만, 뻔히 보이는 그녀의 덫에 걸리지는 않겠다는 반감이 그에 못지않게 강했다.

그는 어떻게 해서든 릴리를 만나고는 싶었지만, 시나코에게 걸려드는 것만은 참을 수 없이 싫었다. "드디어 왔네요" 하며 묘하게 잘난 척 으스대는 듯한 그녀의 표정이 떠오르자, 얼굴을 떠올린 것만으로도 역겨워졌다. 사실 쇼조는 그만의 독특한 잔꾀가 있었다. 그는 사람들이 자신을 무척 기가 약하고 남이 하라는 대로 하는 사람으로 여긴다는 것을 잘 알고 있었고, 또 이런 점을 교묘히 이용했다. 시나코를 내쫓을 때도 역시 그런 수법을 썼는데, 겉으로는 오린과 후쿠코에게 조종당한 것처럼 보였지만, 사실은 누구보다도 그가 그녀를 가장 싫어했는지도 모른다. 그리고 쇼조는 지금도 여전히, 그건 잘한 일이고 그렇게 되어서 고소하다고 생각할 뿐, 그녀가 가엽다는 생각은 눈곱만큼도 들지 않았다.

전등불이 비치는 이층 유리창의 안쪽에는 지금 틀림없이 시나코가 있을 것이다. 하지만 잡풀 그늘 속에 쭈그리고 앉아 가만히 그 불빛을 올려다보고 있으니, 사람을 업신여기는 듯 잘난 척하는 그녀의 얼굴이 또다시 눈앞에 어른거리는 것 같아 속이 울렁거렸다.

기왕에 여기까지 왔으니 돌아가기 전에 하다못해 "야옹"하는 그리운 울음소리를 먼발치에서라도 듣고 싶었다. 아무 탈 없이 잘 지내고 있다는 것만 알 수 있다면 그것만으로도 마음이 놓일 테고, 여기까지 온 것도 헛걸음은 아닐 것이다. 그렇다면 차라리 좀 더 용기를 내어 뒷문 쪽에 가서 살짝 들여다보는 건 어떨까…… 그러다 운이 좋으면 하쓰코를 몰래 불러내서 선물로 가져온 닭고기를 건네주며, 릴리가 어떻게 지내는지 물어볼까…… 그런 생각도 들었지만, 창에 비치는 불빛을 보고 그녀의 얼굴을 머릿속에 떠올리니, 발걸음이 떨어지지 않았다. 덜컥 그런 짓을 했다가 하쓰코가 오해하여 이층에 있는 언니를 부르러 갈 수도 있고, 그러지 않는다 하더라도 적어도 나중에는 알려 줄 것이 틀림없다. '슬슬 계략이 맞아 들어가네' 하고 시나코가 의기양양해 하는 것만으로도 짜증이 밀려왔다.

그러니 역시 이 공터에서 꾹 참고 웅크리고 있다가 릴리가 우연히 지나갈 때 기회를 잡는 수밖에 다른 방법이 없었다. 지금까지 기다려도 헛수고였으니 아무래도 오늘 밤에 볼 수 있을지 불안했다. 쇼조는 벌써 봉지 안의 팥빵을 다 먹어 버렸다. 그리고 벌써 한 시간 반쯤은 지난 것 같다는 생각이 조금 전부터 들기 시작하자, 지금쯤 아시야의 집은 괜찮은지 슬슬 걱정되기 시작했다. 어머니 혼자 있다면 별문제가 없겠지만, 후쿠코가 먼저 돌아오기라도 하면 오늘 밤 내내 한숨도 못 자고 온몸은 멍투성이가 될 것이다. 그래도 상관은 없지만 내일부터 감시가 더 엄해질 것이다.

그런데 한 시간 반이나 기다리는 동안 희미한 울음소리조차 새어 나오지 않는다는 건 뭔가 이상한데, 혹시 요즘 종종 꿈에 나오던 일이 정말로 일어나, 이제 이 집에 없는 게 아닐까? 조금 전 생선 굽는 냄새가 났을 때가 이 집의 저녁 식사 시간이라면 그때 릴리에게도 뭔가 먹을 것을 주었을 테고, 그렇다면 분명 풀을 먹으러 나올 텐데, 나오지 않는 걸 보면 아무래도 이상하다.

쇼조는 마침내 더는 참을 수가 없어, 잡풀 속에서 몸을 일으켜 뒷문 근처까지 몰래 걸어가 틈새로 얼굴을 들이밀었다. 아래층은 덧문이 단단히 잠겨 있고, 아이를 재우는 모양인지 띄엄띄엄 들려오는 하쓰코의 목소리 외에는 아무 소리도 나지 않는다. 이층 유리창에 정말 한순간만이라도 좋으니 그림자라도 살짝 비친다면 얼마나 기쁠까 생각했지만, 유리창 너머로는 하얀색 커튼이 가만히 드리워져 있을 뿐이다. 위쪽은 어두침침하고 아래쪽은 환한 것을 보니 아마도 시나코가 전등을 낮추고 밤새 작업을 하는 것 같다. 쇼조는 불현듯, 등불 아래서 쉴 새 없이 바늘을 움직이는 그녀 곁에 릴리가 얌전히 등을 웅크리고 편안하게 잠이 든 평화로운 모습이 눈앞에 떠올랐다. 긴 가을밤, 깜빡이지도 않는 전등 불빛이 릴리와 그녀, 둘만을 하나의 울타리에 감싸고 있을 뿐, 방 안은 천장까지 희미하게 어두침침하다.

…… 밤이 서서히 깊어 가는 가운데, 고양이는 가냘프게 코를 골고 사람은 묵묵히 바느질을 한다. 쓸쓸하지만 고요한 장면. …… 저 유리창 안쪽에 그런 세계가 펼쳐져 있다면, 뭔가 기적 같은 일이 벌어져 릴리와 그녀가 정말로 사이좋은 친구가 되었다면, 만약에 정말로 그런 광경을 보게 된다면, 질투하지 않을 수 있을까? 솔직히 말해, 릴리가 옛일은 다 잊어버리고 지금 생활에 만족하고 있다면 화가 날 것 같지만, 그렇다고 해서 학대를 받거나 죽었다면 더더욱 슬플 것 같고, 어느 쪽이 됐든 마음이 편치 않을 테니 차라리 아무것도 듣지 않는 편이 좋을지도 모른다.

바로 그때, 쇼조는 아래층 괘종시계가 "댕" 하고 30분을 알리는 소리를 들었다. '일곱 시 반이다.' 그 생각이 들자 쇼조는 누가 뒤에서 밀치기라도 한 듯 엉거주춤 일어나 두세 걸음 가더니 다시 돌아왔다. 그리고 아직도 품속에 소중히 간직한, 죽순 껍질에 싼 닭고기를 꺼내 들고, 대문 앞에도 갔다가 쓰레기통에도 갔다가 하면서 이리저리 돌아다녔다. 어딘가 릴리만 알 수 있는 곳에 놓고 가고 싶은데, 풀숲이라면 개가 냄새를 맡을 것 같고, 이 근처에 두면 집 안의 누군가가 발견할 것 같다. 어떻게 교묘히 숨길 방법이 없을까. 아니, 이제 그런 건 아무래도 상관없다. 지금부터 늦어도 30분 안에 집에 도착하지 않으면 또 한바탕 소동이 벌어질지 모른다. "당신, 지금까지 뭐 한 거야!" 하는 목소리가 느닷없이 귓가에 들려오고, 화가 머리끝까지 치민 후쿠코의 험악한 얼굴이 생생히 떠올랐다. 그는 죽순 껍질을 무성한 칡덤불 속에 허둥지둥 펼치고, 그 양 끝에 돌멩이를 올려놓은 다음, 그 위를 잎으로 적당히 덮어 가렸다. 그리고 공터에서 급히 뛰쳐나와 자전거를 맡겨 둔 찻집으로 정신없이 달려갔다.

그날 밤, 쇼조보다 두 시간쯤 늦게 돌아온 후쿠코는 남동생을 데리고 권투를 보러 간 이야기 따위를 하며 무척 기분이 좋은 모습이었다. "고베에 좀 다녀올게요." 다음 날 조금 일찍 저녁 식사를 끝낸 두 사람은 이렇게 말하고, 신카이치•의 주라쿠칸••에 갔다.

오린의 경험에 따르면, 후쿠코는 이마즈의 친정에 갔다가 돌아오면 한동안은, 다시 말해 호주머니에 용돈이 두둑한 일주일 정도는 어김없이 기분이 좋았다. 그동안 그녀는 마음껏 사치를 부리고, 두어 번 쇼조와 함께 영화나 가극을 보러 가기도 했다. 그래서 부부 사이도 화목하고 더없이 원만했다. 하지만 일주일쯤 지나 슬슬 돈이 떨어지기 시작하면 온종일 집에서 뒹굴뒹굴하면서 간식을 먹거나 잡지를 읽으면서 시간을 보냈는데, 그때부터는 이따금 남편에게 잔소리를 했다. 하긴 쇼조도 아내가 기분이 좋을 때는 열심히 비위를 맞춰 주다가, 나올 돈이 점점 없어지면 태도가 계산적으로 변하고, 뿌루퉁한 얼굴로 건성건성 대답하는 버릇이 있었다. 결국 그렇게 양쪽에서 불똥이 튀면 가장 난처해지는 쪽은 어머니였다. 그래서 오린은 후쿠코가 이마즈에 갈 때마다, 휴, 이제 한동안은 마음을 놓겠구나, 하며 한시름을 놓았다.

이번에도 마침 그런 평화로운 일주일이 시작되었는데, 고

• 고베시의 미나토가와 공원을 따라 남동쪽으로 뻗은 유흥가.

•• 1913년에 개관하여 영화나 연극을 상영한 극장.

베에 갔다 온 후 사나흘이 지난 어느 날 저녁, 남편과 둘이서 저녁 밥상을 앞에 두고 후쿠코가 말했다.

"얼마 전에 본 영화 말이야, 하나도 재미없었어."

그녀도 꽤 술을 잘 마시는 편이어서, 눈가가 발그스름해지고 술기운이 올랐다.

"응? 당신은 어떻게 생각해?"

하면서 술병을 집어 들자, 쇼조가 그걸 낚아채 손수 술을 따라 주었다.

"한잔해."

"이제 됐어. …… 술 취했어, 나."

"한 잔 더 마셔."

"집에서 마시면 하나도 맛이 없어. 그보다 내일 어디 가면 안 돼?"

"그거 좋지."

"아직 용돈 많이 안 썼거든. 며칠 전 저녁에 집에서 밥 먹고 나가서 영화 본 게 전부잖아? 그러니까 아직 꽤 남았단 말이야."

"어디 가지, 그럼?"

"다카라즈카•에서 이번 달에 뭐 하지?"

"가극일 걸?"

다카라즈카 관람을 한 후에는 온천을 즐길 수도 있지만, 쇼조는 왠지 별로 내키지 않는 듯한 표정이다.

"용돈이 그렇게 많이 남았으면 좀 더 재밌는 걸 하는 게 어때?"

"무슨 좋은 생각 있어?"

"단풍 보러 갈까?"

"미노?"

"미노는 안 돼. 얼마 전에 홍수로 완전히 엉망이 됐잖아. 거기보다 난 오랜만에 아리마에 가 보고 싶은데, 어때, 괜찮아?"

"좋아. …… 그게 언제였지?"

"딱 1년쯤…… 아니지, 아냐, 그때 개구리가 울었지."

"맞아, 벌써 1년 반이 됐네."

그때는 두 사람이 사람들의 눈을 피해 만나기 시작한 지 얼마 되지 않은 무렵의 어느 하루였다. 다키미치 종점에서 만나 신유전차를 타고 아리마로 가서, 고쇼노보 여관의 이층

• 1914년에 첫 공연을 시작한 가극단으로 미혼 여성만으로 구성되었다.

방에서 한나절쯤 놀다 온 적이 있다. 시원한 계곡 물소리를 들으며 맥주를 마시고, 잠이 들었다 깼다 하며 즐겁게 보냈던 여름날을 둘 다 또렷이 기억하고 있었다.

"그럼 또 고쇼노보 이층으로 할까?"

"여름보다 지금이 더 좋지. 단풍도 보고 온천에도 들어가고 느긋하게 저녁 식사도 하고……."

"좋아, 좋아, 그렇게 하자. 그럼 그렇게 정한 거야."

이튿날은 점심을 일찍 먹기로 했는데, 후쿠코는 아침 아홉시부터 느릿느릿 몸단장을 시작했다.

"여보, 당신 머리가 안 깔끔하잖아."

후쿠코는 거울에 비친 쇼조를 보면서 말했다.

"그럴지도 모르겠네. 벌써 보름 정도 이발소에 안 갔으니까."

"그럼 어서 다녀와. 지금부터 30분 안으로."

"그건 암만해도 어려운데."

"그런 머리로 나가면 난 같이 안 갈 거야. 어서 빨리 갔다와!"

쇼조는 아내가 준 1엔짜리 지폐를 왼손에 쥐고는 팔락팔락 흔들면서, 자기 가게에서 동쪽으로 반 정쯤 떨어진 곳에 있는 이발소까지 달려갔다. 마침 다행히 손님이 한 사람도 없었다.

"빨리 좀 부탁합니다."

쇼조는 안쪽에서 나온 주인에게 말했다.

"어디 가시려는 모양이죠?"

"아리마에 단풍 보러 가려고요."

"좋으시겠어요. 부인도 함께 가십니까?"

"예. 점심을 일찍 먹고 나갈 거라서 30분 안에 깎고 가야 해요."

그리고 30분이 지났다.

"재미있으시겠네요. 푹 쉬고 놀다 오세요."

등 뒤에서 주인이 던지는 말을 흘려듣고 집 앞까지 온 쇼조는 무심코 가게 안으로 한 걸음 내딛다가, 그대로 그 자리에 딱 멈춰 서고 말았다.

"어머니, 왜 그걸 지금까지 감추고 계셨어요?"

갑자기 심상찮은 목소리가 안쪽에서 들려왔기 때문이다.

"…… 그런 일이 있었으면 왜 저한테 말씀하시지 않았어요? …… 어머닌 여태껏 제 편인 척하시면서 항상 이러신 거 아니에요? ……."

후쿠코의 기분이 언짢다는 것은 날카로운 목소리로 알 수 있었다. 어머니가 찍소리도 못하고 있는 것은 안 봐도 뻔한데, 이따금 한두 마디쯤 대꾸했지만, 얼버무리듯이 웅얼웅얼하는 바람에 잘 들리지 않았다. 후쿠코의 고함 소리만 거침없이 울려 나왔다.

"…… 뭐라고요? 꼭 갔다고 할 수는 없다고요? …… 말도 안 돼요! 남의 집 부엌을 빌려서 닭고기까지 삶았는데, 릴리가 있는 데가 아니면 어디로 갔단 말이에요? …… 그건 그렇고 저 등을 가져와서 저런 곳에 둔 것도 어머니는 알고 계셨죠? ……."

그녀가 어머니를 붙잡고 이렇게까지 흥분하면서 고래고래 소리를 지른 적은 좀처럼 없었다. 아무래도 그가 잠깐 이발소에 가 있는 사이에, 며칠 전에 들른 고쿠스이도 가게의 주인이 그때 빌린 돈과 등을 받으러 온 모양이었다. 그날 밤 쇼조는 등을 자전거 앞에 매달고 돌아왔는데, 후쿠코가 수상쩍게 여기지 못하도록 창고 선반 위에 올려놓았었다. 아마도 그걸 알고 있던 어머니가 꺼내 주었을 것이다. 그런데 고쿠스이도의 주인은 언제든지 괜찮다고 말해 놓고는 왜 받으러 온 걸까? 설마 그렇게 낡은 등이 아까워서 그랬을 리는 없고, 이 근처에 온 김에 겸사겸사 들른 걸까? 그게 아니면 20전을 빌려 가서 갚지 않고 있는 게 괘씸해서였을까? 그건 그렇고,

가게 주인이 왔는지, 일하는 종업원이 왔는지는 모르겠지만, 굳이 닭고기 이야기까지 꺼낼 필요는 없지 않은가.

"…… 전 말이에요, 상대가 릴리뿐이라면 이렇게 시시콜콜 말하지도 않아요. 릴리를 보러 간다고 해도 릴리만이 아니니까 이러는 거잖아요? 아니, 어머닌 그이하고 한통속이 돼서 절 속이려고 하면 그렇게 될 거로 생각하셨어요?"

그런 말을 들으니 제아무리 오린이라도 끽소리도 못하고 움츠리고 있다. 쇼조는 아들 대신 며느리의 분풀이를 듣고 있는 그 모습이 불쌍해 보이기도 하고, 조금은 속이 후련한 기분도 들었다. 어쨌든 자기가 들어가면 후쿠코의 화풀이가 이 정도로 끝나지는 않겠다고 생각한 쇼조가 아슬아슬하게 위기를 벗어났다는 마음에, 여차하면 문밖으로 뛰쳐나가려고 일어섰는데, 그때였다.

"…… 아뇨, 이제 알겠어요! 그이를 롯코에 보내더니 이번엔 절 쫓아낼 심산이신 거군요."

그러더니 이어서 쿵 하는 소리가 났다.

"좀 기다려 봐!"

"놓으세요!"

"그렇다고 해도 어딜 가려고 그러는 거냐?"

"아버지한테 갔다 올게요. 제 말이 억지인지, 어머니 말이 억지인지…….”

“아이고, 이제 쇼조가 올 텐데…….”

쿵쾅쿵쾅하는 소리가 들리며 한창 실랑이를 벌이는 두 사람이 당장에라도 가게에 들이닥칠 것 같아, 쇼조는 거리로 뛰쳐나와 대여섯 정쯤 정신없이 달렸다. 그 뒤로 어떻게 되었는지 몰라도 정신을 차려 보니, 어느새 신 국도의 버스 정류장 앞까지 와 있었고, 조금 전 이발소에서 받은 거스름돈 은화를 아직도 손안에 꼭 쥐고 있었다.

그날 오후 한 시쯤, 시나코가 아침나절에 끝낸 바느질감을 이웃집에 갖다 주고 오겠다며, 평상복 위에 양모 숄을 걸치고 종종걸음으로 뒷문으로 나갈 때였다. 하쓰코가 혼자 부엌에서 일을 하고 있었는데, 그때 쇼조가 숨을 헉헉 몰아쉬며 부엌 장지문을 스르륵 한 자쯤 열면서 들여다보았다.

“어머나!”

하쓰코가 펄쩍 뛸 듯 놀라 일어서려고 하자, 쇼조는 꾸벅하고 인사를 하더니 억지웃음을 보였다.

“하쓰코…….”

쇼조는 뒤편의 동정을 살피더니 갑자기 목소리를 낮추었다.

"…… 저기, 조금 전에 여기서 시나코가 나갔지?"

그는 조급해하며 재빨리 말했다.

"…… 내가 방금 저기서 봤는데, 시나코는 눈치를 못 챈 것 같아. 내가 저기 포플러 그늘에 숨어 있었거든."

"언니한테 무슨 볼일이라도 있어요?"

"말도 안 되는 소리! 릴리를 보러 온 거야."

그때부터 쇼조는 어쩔 줄을 몰라 하며, 처량하고도 애절한 목소리로 말하기 시작했다.

"저기, 하쓰코, 그 고양이 어디 있어? …… 미안한데 정말 잠깐이라도 좋으니까 좀 볼 수 있게 해 주면 안 될까?"

"어디라니, 이 근처에 있지 않을까요?"

"나도 그럴 것 같아서 이 주변을 이리저리 돌아다녀도 보고 벌써 두 시간이나 저기 서 있었는데 코빼기도 안 보여."

"그럼 이층에 있나?"

"시나코는 금방 돌아와? 방금 어디로 간 거야?"

"바로 이 근처에 마무리한 일감을 갖다 주러 갔어요. 두세 정쯤 떨어진 곳이라 금방 돌아올 거예요."

"아아, 어떡하지? 아아, 이거 큰일 났는데."

그러면서 몸을 야단스럽게 흔들어대고 발을 동동 구르며 말했다.

"이 봐, 하쓰코, 부탁이야. 나 좀 봐……."

그는 손을 싹싹 빌면서 절하는 흉내를 냈다.

"평생에 딱 한 번 부탁이야. 지금 좀 데려와 주면 안 될까?"

"봐서 뭘 어쩔 생각인데요?"

"아무것도 안 해. 그저 릴리가 무사한지 얼굴만 잠깐 볼 수 있으면 마음이 놓일 것 같아."

"데려가려는 건 아니겠죠?"

"어떻게 그런 짓을 하겠어? 오늘 얼굴만 잠깐 보여 주면 이제 이걸로 더는 찾아오지 않을게."

하쓰코는 어이가 없다는 표정으로 쇼조의 얼굴을 뚫어지게 쳐다보았다. 그리고 무슨 생각을 했는지 잠자코 이층으로 올라가더니 금세 다시 계단 중간쯤으로 내려왔다.

"있어요."

하쓰코는 부엌 쪽으로 얼굴만 내밀고 말했다.

"있어?"

"난 잘 안지 못하겠으니까 이리 와서 보세요."

"가도 괜찮을까?"

"금방 보고 내려가야 해요."

"알았어. 그럼 올라갈게."

"어서 서둘러요!"

쇼조는 좁고 경사진 계단을 올라가는 동안에도 가슴이 콩닥콩닥 뛰었다. 드디어 늘 마음속에 품어 왔던 소망이 이루어져 이렇게 만날 수 있게 되니 기쁘기는 한데, 릴리는 과연 어떻게 변했을까? 길바닥에서 죽지도 않고, 행방불명이 되지도 않았으며, 이렇게 별 탈 없이 이 집에 잘 있어 준 건 고맙지만, 몹쓸 짓을 당했거나 쇠약해졌으면 안 되는데……. 설마 한 달 반 사이에 자신을 잊어버렸을 리는 없겠지만, 보고 싶었다는 듯이 곁에 다가와 줄까? 그게 아니면 언제나처럼 수줍어하며 도망가 버릴까? …… 아시야에 살 때는 이틀이나 사흘쯤 집을 비우고 돌아오면, 이제 어디에도 안 보낼 것처럼 달라붙으며 온통 핥아 댔는데, 혹시나 또 그러면 뿌리치기가 얼마나 마음이 아플까?

"여기예요."

화창한 오후 햇살을 가리며 커튼이 창에 드리워져 있었다. 조심성이 많은 시나코가 외출을 하면서 그렇게 해 놓은 걸까? 그 때문에 방 안은 어슴푸레했는데, 어두침침한 가운데에 시가라키 도기의 둥근 화로가 놓여 있었다. 그 옆에 방석이 두 장 깔려 있고, 그 위에는 그리워하던 릴리가 앞발을 배 밑에 접어 넣고, 등을 웅크리고 눈을 감은 채 꾸벅꾸벅 졸고 있었다. 걱정했던 만큼 야위지도 않고 털도 매끈매끈 윤기가 흐르는 걸 보면 꽤 대접을 잘 받고 있어서 그럴 테다. 릴리를 위한 전용 방석이 두 장이나 마련되어 있는 걸 보면 생각보다 사랑받고 있다는 것을 알 수 있었다. 그뿐만이 아니었다. 조금 전에 점심으로 날달걀을 먹은 듯, 깨끗이 싹싹 먹어치운 밥그릇과 달걀 껍데기가 신문지 위에 놓인 채로 방 한구석에 치워져 있고, 그 옆에는 아시야에서 쓰던 것과 비슷한 모래통까지 있었다. 그때, 쇼조는 오랫동안 잊고 있었던 그 특유의 냄새를 맡았다. 예전에 자기 집 기둥, 벽, 마룻바닥, 천장에까지 배어 있던 그 냄새가 지금 이 방 안에 감돌고 있는 것이다. 그는 슬픔이 북받쳐 올랐다.

"릴리야……."

자기도 모르게 잠긴 목소리로 이름을 불렀다. 그러자 릴리가 드디어 그 소리를 들었는지, 흐릿하고 께느른해 보이는 눈을 뜨더니 쇼조를 향해 몹시도 무뚝뚝하게 흘낏 눈길을 던졌다. 하지만 단지 그것뿐, 아무런 감동도 보이지 않았다. 릴리는 앞발을 다시 배 안쪽으로 더 깊숙이 오므려 넣으면서, 추워서 그런지 등가죽과 귀를 부르르 떨더니, 졸려서 참을 수 없다는 듯 눈을 감았다.

오늘은 날씨는 좋지만 공기가 온몸에 싸늘하게 스며드는 것 같은 날이라, 릴리는 화로 곁을 떠나기 싫었을 것이다. 게

다가 배까지 부르니 더 귀찮은지도 모른다. 이 짐승이 지닌 무정한 성미를 잘 알고 있는 쇼조는 이렇게 인정머리 없이 쌀쌀맞게 구는 태도에 이미 익숙해져 있었기 때문에 딱히 이상하다고 여기지는 않았다. 하지만 기분 탓인지는 몰라도, 눈곱이 가득 낀 눈가와, 묘하게 풀이 죽어 웅크린 모습을 보니, 한동안 못 본 사이에 부쩍 더 늙고 기력이 약해진 것 같다는 생각이 들었다. 특히 그의 마음을 아프게 한 것은 방금 그 눈동자의 표정이었다. 물론 예전에도 이럴 때는 졸린 눈을 하기는 했지만, 오늘은 마치 길바닥에 쓰러진 병자처럼 온 힘이 다 빠져 기진맥진한 것 같은 모습이지 않은가.

"이제 기억 못 해요. 짐승이잖아요."

"바보 같은 소리. 누가 보고 있으면 저렇게 모르는 척 시치미를 딱 뗀다고."

"그래요? ……."

"그렇다니까. …… 그러니까 …… 하쓰코, 미안한데 여기서 잠깐만 문 닫고 기다려 줄 수 없을까?"

"그래서 뭘 하려고요?"

"아무것도 안 해. …… 그저 잠깐만…… 무릎 위에 놓고 안아 주려고……."

"그래도 언니가 돌아올 텐데……."

"그럼 하쓰코, 그쪽 방에서 길모퉁이 쪽을 지켜보다가 언니가 보이면 바로 알려 줘. 부탁이야."

장지문에 손을 대고 그렇게 말하면서 벌써 방 안으로 쓰윽 들어간 쇼조는 하쓰코를 문밖으로 내보냈다.

"릴리야……."

그는 이름을 부르며 그 앞에 가서 마주 보며 앉았다.

릴리는 처음에는 모처럼 낮잠을 자는데 시끄럽게 군다는 듯, 뺀질거리는 눈을 깜박였다. 하지만 쇼조가 눈곱을 닦아 주기도 하고, 무릎 위에 올려놓고 목덜미를 쓰다듬어 주자, 특별히 싫다는 기색 없이 몸을 맡기더니, 조금 있다가 목구멍에서 가르릉 소리를 내기 시작했다.

"릴리야, 어떻게 지냈니? 어디 안 좋은 데는 없어? 매일매일 사랑받고 있는 거야?"

쇼조는 릴리가 금방이라도 예전에 자신과 장난치던 것을 기억하며 자신에게 머리를 들이밀어 주지는 않을까, 얼굴을 온통 핥아 주지는 않을까 하는 마음에 온갖 정성을 다해 이런저런 말을 붙여 보았다. 하지만 릴리는 무슨 말을 해도 여전히 눈을 꼭 감은 채 가르릉 가르릉 소리만 낼 뿐이었다. 그래도 그는 릴리의 등을 진득하게 쓰다듬어 주었는데, 그러는 사이에 마음이 조금 가라앉았다. 그리고 방을 둘러보니, 꼼꼼하면서 깔끔한 시나코의 성격이 방 안 구석구석에까지 잘 드러나 있는 것 같았다. 예를 들면 그녀는 겨우 이삼 분 방을 비울 때도 이렇게 꼼꼼히 커튼을 쳐 둔다. 그뿐 아니라 다다미 넉 장 반 크기의 방 안에 경대, 서랍장, 바느질 도구에다 고양이 밥그릇과 모래통까지 이런저런 물건들을 두면서도, 한 치의 흐트러짐 없이 하나하나 깔끔하게 정리되어 있었다. 인두가 꽂혀 있는 화로 안을 들여다보아도 아래쪽에 묻힌 숯불 위에는 재가 깨끗이 펼쳐져 있고, 삼발이 위에 놓인 법랑 주전자도 갈고닦은 것처럼 반짝반짝 빛나고 있었다.

그런데 이상하다고까지는 못해도 기묘해 보이는 것이 있었는데, 접시 위에 놓인 달걀 껍데기였다. 시나코는 스스로 생활비와 식비를 벌고 있어서 결코 넉넉하지 않을 텐데, 가난한 살림에도 릴리에게 영양가 있는 음식을 주고 있는 것 같았다. 아니, 그러고 보니 그녀 자신이 깔고 앉는 방석에 비하면 릴리의 방석은 솜도 두툼하게 들어 있지 않은가. 도대체 그녀는 무슨 마음에 그토록 미워하던 고양이를 아끼게 된 걸까?

생각해 보면 쇼조는 자신의 타고난 성격 때문에 전처를 내쫓고 고양이에게까지 온갖 고생을 시킨 것은 물론, 오늘 아침에는 자기 집 문간도 못 넘고 이리저리 헤매다가 그만 여기까지 오게 된 것이다. 그런데 릴리의 가르릉 소리를 들으면서 목이 멜 것 같은 모래 냄새를 맡고 있으니, 왠지 모르게 가슴이 터질 것만 같은 기분이 들었다. '시나코도 릴리도 둘 다 불쌍한 건 틀림없지만, 누구보다 더 불쌍한 건 바로 나잖아. 나야말로 진짜 자기 집도 없는 사람이 아닌가' 하는 생각이 들었다.

그때 후다닥 발소리가 들렸다.

"언니가 지금 여기 모퉁이까지 왔어요."

하쓰코가 허둥대며 장지문을 열었다.

"아이고, 어떡하지!"

"뒷문으로 나가면 안 돼요! …… 앞문으로, …… 앞문으로 돌아 나가요! …… 신발은 제가 들고 나갈게요. 빨리요, 빨리!"

굴러가듯 계단을 뛰어 내려간 쇼조는 앞쪽 현관으로 뛰쳐나가, 하쓰코가 땅바닥에 내동댕이친 짚신을 신었다. 그리고 겨우 길거리로 나가 몸을 숨긴 쇼조는, 간발의 차이로 뒷문으로 돌아 들어가는 시나코의 뒷모습이 얼핏 눈에 들어오자, 마치 무서운 것에 쫓기기라도 하듯 반대편 모퉁이로 쏜살같이 내달렸다.

작은 왕국

가이지마 쇼키치(貝島昌吉)가 G현(縣) M시의 소학교에 전임한 것은 2년쯤 전으로, 그가 딱 서른여섯 살이 되었을 때였다. 그는 에도[•] 토박이로, 아사쿠사의 쇼덴초에서 태어났다. 에도 막부 때의 한학자였던 아버지의 성향을 물려받아서인지 어릴 때부터 학문을 좋아했지만, 결국은 그것 때문에 일생을 그르치고 말았다 — 그렇게 생각하며 그는 체념했다. 사실 그가 아무리 처세에 능하지 않은 남자라고 해도, 학문으로 성공하겠다는 생각 따위는 하지 않고 어디 상점에서

• 지금의 도쿄 지방.

견습 점원이라도 하면서 부지런히 일했더라면, 지금쯤은 번듯한 상인이 되어 있을지도 모른다. 하다못해 가정을 꾸리고 편안하게 살 수 있을 만큼은 되었을 것이다. 그런데 애초에 중학교에 진학할 수도 없을 만큼 가난한 집안에서 자라면서도 학자가 되겠다고 한 것부터가 큰 잘못이었다. 고등소학교를 졸업했을 때 아버지는 견습 자리를 찾아서 점원으로 들어가 일하라고 했지만, 그는 끝내 말을 듣지 않고 오차노미즈의 심상(尋常) 사범학교에 들어갔다. 그리고 스무 살에 졸업하고 곧바로 아사쿠사구(區) C소학교의 선생이 되었는데, 그때 받은 월급은 고작 18엔이었다. 물론 그 무렵의 그는 언제까지나 소학교 교사로 만족하며 살 생각은 없었기에, 혼자서 생활을 꾸릴 방법을 마련하면서도 한편으로는 독학으로 공부를 더 할 작정이었다. 역사학을 무척 좋아한 그는 일본과 중국의 동양사를 연구하여 나중에는 문학박사가 되겠다는 포부를 가지고 있었다. 그런데 가이지마가 스물네 살 때 아버지가 세상을 뜨고 그 뒤 얼마 지나지 않아 아내를 맞이하고부터는 예전의 포부나 패기는 점점 사라지게 되었다. 무엇보다 그는 아내가 사랑스러워 견딜 수가 없었다. 그때까지 학문에 열중하며 여자 따위에는 눈길도 안 주던 그는 신혼 생활의 즐거움을 솔솔 느끼게 되면서 대부분의 평범한 사람들이 그러하듯, 자신도 모르게 작은 성공에 만족하며 살게 되었다. 그러는 동안 아이가 태어났고 월급도 조금씩 오르면서, 어느새 그에게 입신출세의 꿈은 깡그리 사라져 버렸다.

그가 C소학교에서 시타야구의 H소학교로 전근했을 때 첫딸이 태어났는데, 그때 받은 월급은 20엔이었다. 그때부터 그는 니혼바시구 S소학교, 아카사카구 T소학교 같은 시내 곳곳의 학교로 옮기면서 25년 동안 교편을 잡았고, 그러는 동안 직책도 차츰차츰 높아져 월급 45엔을 받는 정식 교원에까지 올라가게 되었다. 하지만 그의 수입보다도 가족의 생활비가 훨씬 더 빠른 속도로 늘어난 탓에 해마다 빈궁한 정도는 심해져만 갔다. 첫딸이 태어났고, 두 해 뒤에 첫아들이 태어났다. 그리고 차례로 전부 여섯 명의 아들딸이 태어났는데, 교사가 된 지 17년째 되는 해에 온 가족이 모두 G현으로 이사했을 때는 아내의 뱃속에 일곱 번째 아이가 자라고 있었다.

도쿄에서 태어나 반생을 그곳에서 보낸 그가 갑자기 G현으로 이사하게 된 것은 대도시에서 겪는 생활고의 압박을 더는 견딜 수 없었기 때문이었다. 그가 도쿄에서 마지막으로 근무한 곳은 고지마치구의 F소학교였다. 그곳은 황궁의 서쪽 지역으로, 화족(華族)의 저택이나 고관들의 주택이 많이 몰려 있는 야마노테 일대였는데, 그가 가르치는 학생들은 대개 중류 이상의 가정에서 자란 고상한 아이들뿐이었다. 그런 아이들 틈에 끼어 같은 학교에 다니는 자기 자식들의 초라하고 가여운 모습을 보는 것이 그는 무척 괴로웠다. 자신과 아내는 아무리 보잘것없고 궁상맞아도 아이들만큼은 깔끔한 차림으로 키우고 싶었다. 누구누구네 여자애가 입고 다니는 옷을 사 줘요, 저 리본 갖고 싶어요, 저 구두 사고 싶어요, 여름에는 피서 가고 싶어요, 그렇게 조르는 아이들을 보면 안쓰러운 마음은 더욱 커져, 부모가 되어 한심하다는 생각이 가슴 깊숙이 파고들었다. 게다가 그는 아버지를 먼저 여의고, 홀로 남은 노모까지 부양해야 했다. 정직하고 소심하며 정에 약한 가이지마는 이 모든 일로 내내 괴로워했고, 가족들에게는 오로지 미안한 마음뿐이었다. 그래서 생활비가 많이 드는 도쿄를 떠나 차라리 시골에서 여유롭게 삶을 꾸려 보자, 그래서 가족들이 조금은 편안하게 살 수 있도록 해 주자는 생각을 했다. G현의 M시를 선택한 이유는 아내의 고향으로 연고가 있었고, 다행히 전임 자리를 알아봐 주겠다는 사람이 있었기 때문이다.

M시는 도쿄에서 북쪽으로 30리쯤 떨어진 곳으로, 생사(生絲)의 생산지로 유명하고 인구가 4~5만쯤밖에 되지 않는 작

은 도시였다. 간토 평야가 중앙 산맥의 산자락에 맞닿아 조금씩 좁아지는 곳의 부근에 있는 평야의 한쪽 끝에 자리 잡은 마을인데, 시가를 둘러싼 사방이 온통 뽕밭이었다. 하늘이 푸르고 맑게 갠 날이면, 줄줄이 이어진 집들의 기와 너머로, I온천으로 유명한 H산, 웅장한 산세로 이름난 A산들이 솟아오른 모습을 어디에서든 볼 수 있었다. 마을 안에는 T강에서 끌어와 만든 수로에서 물이 시원하게 콸콸 흘렀고, I온천 행 전차가 달리는 대로의 풍경은 시골 마을치고는 명랑하고 북적여 왠지 모르게 정취가 넘쳐흘렀다. 가이지마가 초라한 모습의 가족들을 데리고 처음 이곳에 이사 왔을 때는 어느 해 5월 초순으로, 마을을 감싸는 자연 풍경이 일 년 중 가장 아름답게 빛나는 초여름의 어느 하루였다. 간다(神田)의 사루가쿠초 뒷골목의 더럽고 누추한 집에서 지내는 데 익숙해 있던 가족들은, 숨이 막힐 듯이 어두컴컴한 구덩이 안에서 갑자기 활짝 갠 푸른 하늘 아래로 나온 것 같은 기분이 들어, "아아" 하고 기쁨의 한숨을 내쉬었다. 아이들은 날마다 옛 성터의 공원 잔디밭에서나, T강의 제방을 따라 울창하게 자란 벚나무 그늘에서, 또는 활짝 핀 등나무 꽃이 송이송이 늘어진 A정원의 연못가 같은 곳에서 즐겁게 놀았다. 가이지마와 그의 아내, 그리고 올해 예순이 되는 노모도, 갑자기 해

방이라도 된 듯한 홀가분한 마음이 들어, 1년에 한 번 아버지 묘소에 성묘하러 갈 때가 아니면 도쿄라는 곳이 그립다거나 가고 싶다는 생각은 들지 않았다.

그가 교편을 잡은 D소학교는 M시 북쪽의 변두리에 있었는데, 운동장 뒤쪽에는 역시 뽕밭이 물결치고 있었다. 그는 교실 창밖으로 환하게 펼쳐진 전원 풍경을 날마다 바라보았고, 멀리 자줏빛으로 뿌옇게 흐린 A산의 산줄기를 넋이 빠진 듯 쳐다보면서 느긋한 기분으로 아이들을 가르쳤다. 그가 부임한 첫해에 맡은 학급은 3학년 남학생 반이었는데, 4학년이 되고 5학년으로 진급할 때까지 햇수로 3년 내내 그 반을 담당했다. 고지마치 구의 F소학교에서 보던 것 같은 말쑥한 옷차림의 고상한 아이들은 없었지만, 그래도 현청이 있는 도시인만큼 아예 시골은 아니어서, 꽤 부잣집 아이들도 있고 머리가 뛰어난 소년도 없지는 않았다. 또 그중에는 도쿄의 아이들보다 훨씬 약삭빠르고 감당하기 어려운 말썽꾸러기들도 섞여 있었다.

그 지역에서 방직업을 하는 사업가로 G은행의 중역을 맡고 있는 스즈키라는 사람의 아들과, S수력전기 주식회사 사장인 나카무라라는 사람의 아들, 이 두 아이는 반에서 수재였는데, 가이지마가 맡은 3년 동안 항상 번갈아 가며 일등을 차지했다. K마을에서 건재(乾材) 한약방을 하는 집의 아들인 니시무라는 말썽쟁이로, 대장 역할을 맡고 있었다. 또 T마을에 사는 의사의 아들인 아리타는 귀한 집 도련님 같은 겁이 많은 아이로, 부모가 애지중지하며 키우는지 옷차림 같은 것이 가장 비싸 보였다. 하지만 천성적으로 아이들을 좋아하고 20년 가까이나 학생들을 보살펴 온 가이지마는, 저마다 성격과 버릇이 다른 소년들 한 명 한 명에 관심을 가졌고, 누구 할 것 없이 차별하지 않고 친절하고 평등하게 아이들을 돌보았다. 때로는 꽤 엄한 체벌을 주기도 하고 큰 소리로 꾸짖기도 했지만, 오랜 경험으로 아이들의 심리를 꿰뚫어 볼 수 있었기 때문에 아이들은 물론 학부모들 사이에서도 평판이 나쁘지 않았다. 그는 그렇게 정직하고 성실하며 정이 많은 데다 경험이 풍부한 선생이라는 평을 들었다.

가이지마가 M시에 온 지 딱 2년째 되는 해의 봄이었다. D소학교에서 4월에 학기가 바뀔 무렵, 가이지마가 맡은 5학년 반에 학생 한 명이 입학했다. 네모난 얼굴에 피부색이 거무스름하고, 주머니를 잡아맨 것처럼 윗부분이 뾰족한 커다란 머리에는 여기저기 버짐이 피어 있고, 우울한 눈빛에, 다부지게 어깨가 둥근 살찐 소년이었는데, 이름은 누마쿠라 쇼키치(沼倉庄吉)라고 했다. 얼마 전 M시 일대에 새로 제사(製

絲) 공장이 세워졌는데, 아마도 도쿄에서 그 공장으로 흘러 들어온 직공의 아들로, 천박한 얼굴 생김새나 너저분한 옷차림만 보더라도 유복한 집안의 자식이 아닌 것은 분명했다. 가이지마는 이 아이를 처음 보았을 때는 틀림없이 성적도 좋지 않고 예의도 바르지 않은 학생일 것 같은 느낌이 들었지만, 교실에 데려와 이것저것 시켜 보니 그렇게 공부를 못하는 것 같지도 않고, 성격도 뜻밖에 온순하고 오히려 차분하고 말이 없는 소년이었다.

그런데 어느 날의 일이었다. 점심시간에 운동장을 어슬렁어슬렁 거닐면서, 아이들이 놀이에 한창 빠져 있는 모습을 보고 있던 가이지마는 — 이것은 그의 버릇이었는데, 아이들의 성격이나 능력, 품행 같은 것을 관찰하려면, 교실보다는 운동장에서 아이들이 말하고 행동하는 모습을 눈여겨봐야 한다는 것이 그의 평소 지론이었다 — 그때 마침 반 아이들이 두 조로 나뉘어 전쟁놀이를 하는 것을 보았다. 단지 그뿐이었다면 특별히 이상할 것도 없었겠지만, 두 조로 나누는 방법이 너무나도 기묘했다. 반 전체 아이 수가 50명 정도인데, 갑 조는 40명쯤 되는 수로 짜면서도 을 조에는 겨우 열 명가량밖에 넣지 않았다. 갑 조의 대장은 한약방집 아들 니시무라였는데, 두 아이에게 허리를 굽히게 하고 그 위에 말을 타듯이 올라타 쉴 새 없이 자기편을 지휘하고 있었다. 그런데 을 조 대장이 누군지 언뜻 보니 뜻밖에도 신입생 누마쿠라 쇼키치였다. 그 아이도 역시 아이들의 등에 타고 있었는데, 말이 없는 평소 모습과 달리 눈을 부라리고 목소리를 높이고, 몇 안 되는 부하들을 호통치면서 스스로 진두에 서서 훨씬 수가 많은 적군 속으로 돌진했다. 누마쿠라는 이 학교에 온 지 불과 열흘도 안 되었는데 도대체 어느 틈에 저렇게 세력을 키우게 되었을까? 그때 가이지마는 문득 호기심이 솟아, 두 뺨에 천진난만한 아이 같은 미소를 지으며, 무척 흥미롭다는 듯한 표정으로 더 열중해서 전쟁놀이를 지켜보았다. 그런데 수가 많은 니시무라 조가 몇 안 되는 누마쿠라 조에게 순식간에 밀리며 대열이 엉망으로 흐트러지더니, 끝내는 어디로 도망쳐야 할지도 몰라 갈팡질팡하고 있다. 물론 누마쿠라 조에 팔심이 세고 싸움에 능한 소년들만 있는 것은 맞지만, 그렇다고 해도 니시무라 조가 패한 모습은 너무나도 기개가 없다. 특히 그들은 어느 누구보다도 누마쿠라 한 명을 가장 두려워하는 것 같다. 다른 적과 싸울 때는 아군의 수가 많다는 것을 믿고 꽤 용감하게 저항하다가도, 일단 누마쿠라가 말을 몰고 달리기 시작하면, 갑자기 주춤하다가 제대로 한번 싸워 보지도 못하고 도망쳐 버린다. 결국에는 대장 니시무라마저 누마쿠라가 노려보는 눈빛에 단번에 움츠러들어 항복하고 포로가 된다. 그렇다고 해서 누마쿠라가 완력을 쓰는 것도 아니고, 그저 종횡무진 적진을 돌파하고 말 위에서 호령하며 성난 목소리로 욕을 퍼부을 뿐이다.

"좋다. 그럼 다시 한 번 더 싸우자. 이번엔 우리한테 일곱 명만 있으면 돼. 일곱이면 충분해."

그렇게 말하며 누마쿠라는 자기편에서 세 명의 용사를 적에게 넘겨주고 또 한 번 전쟁을 벌이지만, 아니나 다를까 역시 니시무라 조는 뿔뿔이 흩어져 패하고 만다. 세 번째는 일곱 명을 다섯 명까지 줄였다. 그래도 누마쿠라 조는 왕성한 기세로 악전고투 끝에 마침내 승리를 거머쥐었다.

그날부터 가이지마는 누마쿠라라는 소년을 특별히 주의 깊게 살피기 시작했다. 하지만 교실 안에 있을 때는 보통 소년들과 별다른 데가 없었다. 국어 교과서를 읽혀 보아도 산수를 시켜 보아도 언제나 상당한 수준으로 해냈다. 숙제 같은 것도 게으름 피우지 않고 정성 들여 답안을 써냈다. 그리고 항상 아무 말 없이 책상에 엎드려 언짢은 듯 눈썹을 찡그리고 있을 뿐이어서, 가이지마는 이 소년의 성격이 어떤지 헤아릴 수가 없었다. 어쨌든 선생을 무시하거나 장난을 부추기거나 교실 분위기를 흐리는 못된 개구쟁이는 아니었으며, 같은 골목대장이라도 성질이 꽤 다른 아이 같았다.

어느 날 아침, 가이지마는 수신(修身)• 수업 시간에 니노미야 손토쿠••에 대해 설명하고 있었다. 그는 언제나 교단에 서면 아무런 격의 없이 자애로움이 넘치는 태도와 부드러운 목소리로 아이들에게 이야기했지만, 수신 시간만큼은 유난히 엄격한 모습으로 대했다. 또 오전 첫 수업인 데다, 화창한 아침 햇살이 교실 유리창으로 비쳐들어 방 안의 공기가 착 가라앉아서인지, 아이들도 산뜻한 기분으로 바짝 긴장하고 있었다.

"오늘은 니노미야 손토쿠 선생에 대해 이야기할 테니까 다들 조용히 들어야 한다."

가이지마가 그렇게 말하며 엄숙한 목소리로 말하기 시작하자, 아이들은 마치 물을 끼얹은 듯이 조용해지면서 가만히 귀를 기울였다. 옆자리 아이에게 쓸데없는 말을 걸어 종종 가이지마에게 꾸지람을 듣는 수다쟁이 니시무라도 그날은 영리해 보이는 눈을 깜빡거리며 오로지 선생님의 얼굴만 올

• 그 당시 학교의 교과 과목으로 지금의 도덕 과목에 해당한다.

•• 에도 시대 말기의 농업 연구가.

려다보고 있었다. 열과 성을 다해 가르치는 가이지마의 목소리만이 한동안 창문 너머 뽕밭에까지 청명하게 들렸고, 50명의 소년들이 바른 자세로 나란히 앉아 있는 교실 안에는 달그락하는 소리 하나 나지 않았다.

"…… 그래서 니노미야 선생은 무슨 말씀을 하셨을까? 어떻게 하면 쓰러져가는 핫토리 집안의 가운을 되살릴 수 있다고 하셨을까? 선생이 핫토리 가문의 일족을 향해 던진 가르침은 '절검(節儉)'이라는 두 글자였다."

여느 때보다 더 힘이 들어간 어조로 가이지마가 유창하게 이야기를 이어가는데, 그때까지 쥐 죽은 듯이 조용하던 교실 안 한쪽 구석에서 누군가가 소곤소곤 잡담하는 소리가 어렴풋이 그의 귀에 들려왔다. 가이지마는 살짝 못마땅한 표정을 지었다. 모처럼 다들 정신을 집중해서 정숙한 분위기를 유지하고 있고, 정말로 오늘은 보기 드물게 아이들이 긴장된 모습을 보이는데, 도대체 누가 쓸데없는 잡담을 하고 있단 말인가. 그런 생각을 하며 가이지마는 기침을 크게 하고, 소리가 나는 쪽을 향해 슬쩍 노려보면서 다시 설명을 이어갔다. 그런데 일이 분 동안 잠시 잠잠하다 싶더니 또다시 속닥속닥하는 말소리가 들려왔다. 그 소리가 마치 치통 비슷한 느낌으로 신경을 콕콕 건드려 가이지마는 내심 짜증이 치밀었지만, 말소리가 들릴 때마다 재빨리 그쪽을 돌아보면, 순간 뚝 하고 그치는 바람에 누가 말하고 있는지 쉽게 알 수 없었다. 하지만 그 소리는 교실 오른쪽 구석 누마쿠라가 있는 자리에서 들려오는 것 같았기 때문에 잡담하는 아이는 아마 누마쿠라일 것이라고 짐작하고 있었다. 만약 그 아이가 누마쿠라가 아닌 다른 아이였다면, 특히 장난꾸러기 니시무라 같은 아이였다면, 가이지마는 당장에 휙 돌아서서 야단쳤을 테지만, 왠지 누마쿠라라는 아이는 혼내기가 좀 거북하다는 느낌이 들었다. 뭐랄까, 아이지만 아이가 아닌 듯한, 껄끄럽고 어려운 사람처럼 느껴져, 야단치려고 하면 미안한 마음이 들기도 하고 자신이 무례한 것처럼 여겨지기도 했다. 한편으로는 아직 친근함이 덜해서 그럴 수도 있지만, 그는 여태까지 교실에서 질문할 때 말고는 누마쿠라와 다정하게 이야기를 나눈 적이 한 번도 없었다. 그래서 될 수 있으면 야단치지 말고 넘어가자, 좀 지나면 잠잠해지겠지, 하고 애써 모르는 척했지만, 떠드는 소리는 오히려 점점 거리낌 없이 커져만 갔고, 그러다가 결국 누마쿠라의 입이 움직이는 모습이 그의 눈에 들어오고 말았다.

"누구야? 조금 전부터 수군수군 떠드는 녀석이? 누구야?"

마침내 그는 더는 참지 못하고 등나무 회초리로 교탁을 철썩 내리쳤다.

"누마쿠라! 너지? 좀 전부터 떠들고 있는 게, 응? 너 맞지?"

"아니요. 제가 아닙니다."

누마쿠라는 무서워하는 기색도 없이 일어서더니 이렇게 대답하면서 자신의 주변을 쓱 둘러보았다.

"조금 전부터 말하고 있던 건 얘입니다."

그렇게 말하면서 자기 왼쪽에 앉아 있는 노다를 가리켰다.

"아니, 선생님은 네가 떠들고 있는 걸 똑똑히 봤어. 넌 노다랑 이야기하고 있지 않았다. 네 오른쪽에 있는 쓰루사키하고 떠들었어. 왜 그런 거짓말을 하는 거지?"

가이지마는 여느 때와 달리 벌컥 화가 치밀어 올라 얼굴색까지 변했다. 왜냐하면 누마쿠라가 죄를 뒤집어씌우려고 한 노다라는 소년은 평소 얌전하고 몸가짐이 바른 아이였기 때문이다. 노다는 누마쿠라가 자신을 가리키자, 순간 화들짝 놀란 듯 눈을 껌벅이며, 제발 봐 달라는 듯이 쭈뼛쭈뼛 상대방의 눈빛을 살폈다. 그러더니 드디어 뭔가 결심이라도 한 듯 새파래진 얼굴로 일어섰다.

"선생님, 누마쿠라가 아닙니다. 제가 떠들었어요."

목소리가 떨렸다. 아이들 여러 명이 비웃는 듯한 눈으로 동시에 뒤돌아 노다를 보았다.

그것이 더더욱 가이지마를 화나게 했다. 노다는 교실 안에서 쓸데없는 소리를 좀처럼 하지 않는 아이다. 분명, 요사이 반에서 우두머리로 으스대는 누마쿠라에게 갑자기 억울하게 죄를 뒤집어쓰고 어쩔 수 없이 그를 대신해 일어섰을 것이다. 만약 죄를 대신 덮어쓰지 않으면 나중에 누마쿠라에게 괴롭힘을 당할 것이다. 그렇다면 누마쿠라는 더더욱 가증스러운 소년이다. 끝까지 캐물어 따끔하게 혼을 내지 않고 이대로 그냥 넘어갈 수는 없다.

"선생님은 지금 누마쿠라에게 묻고 있다. 다른 아이들은 다들 잠자코 있어라."

가이지마는 또 한 번 회초리로 교탁을 탁 내리쳤다.

"누마쿠라, 너 왜 그런 거짓말을 하는 거지? 네가 떠드는 걸 내 눈으로 똑똑히 봤기 때문에 하는 말이다. 스스로 잘못했다는 생각이 들면 솔직하게 털어놓고 용서를 빌기만 한다면, 선생님은 절대 심하게 꾸짖지 않는다. 그런데도 넌 거짓말을 했을 뿐만 아니라 오히려 자신의 죄를 남에게 덮어씌우려고 했다. 그런 행동은 무엇보다도 가장 나쁜 짓이다. 그런 성질을 바꾸지 않는다면 앞으로 넌 커서 제대로 된 사람이 될 수 없다."

그런 말을 들어도 누마쿠라는 눈 하나 깜짝하지 않고 여느 때처럼 침울한 눈빛으로 가만히 가이지마의 얼굴을 빤히 노려보았다. 그 표정에는 대부분의 불량소년에게서 볼 수 있는, 심술궂고 대담하면서도 사나운 모습이 담겨 있었다.

“왜 잠자코 있지? 내가 방금 한 말 못 알아들었나?”

가이지마는 교탁 위에 펼쳐져 있던 수신 과목 책을 덮고 성큼성큼 누마쿠라의 책상 앞으로 다가갔다. 그리고 그의 잘못을 끝까지 따지겠다는 기세로, 여차하면 체벌을 줄 수도 있다는 듯 등나무 회초리를 두 손으로 휙 구부려 보였다. 반 아이들은 순간 마른침을 삼키고 손에 땀을 쥐었다. 마치 뭔가 큰 사건이 터지기 직전처럼, 조금 전과는 또 다른 의미의 조용함이 갑자기 교실 안을 감돌았다.

“왜 그러고 있어, 누마쿠라? 왜 아무 말도 없는 거냐? 선생님이 이렇게까지 얘기하는데 어째서 고집을 피우는 거지?”

가이지마의 손에 쥐어진, 활처럼 휜 회초리가 여차하면 누마쿠라의 뺨으로 날아가려는 순간이었다.

“전 고집 부리는 게 아닙니다.”

그는 짙은 눈썹을 더욱 찡그리며, 낮게 갈라진, 무척이나 배짱 좋고 고집스러운 목소리로 말했다.

“떠든 애는 정말로 노다입니다. 전 거짓말을 하는 게 아니에요.”

"좋다! 이리 와!"

가이지마는 그의 어깻죽지를 꽉 거머쥐고 거칠게 붙잡아 일으키면서 예사롭지 않은 표정으로 말했다.

"이리 와서 선생님이 됐다고 말할 때까지 교단 밑에 서 있어. 네가 네 자신의 잘못을 뉘우치기만 한다면 선생님은 언제든지 용서해 주겠다. 하지만 계속 고집을 피우면 해가 질 때까지도 용서하지 않겠다."

그때였다.

"선생님……."

노다가 다시 일어섰다. 누마쿠라가 곁눈질로 재빨리 노다를 힐끗 쳐다본 것 같았다.

"정말로 누마쿠라가 그런 게 아니에요. 누마쿠라 대신 제가 서 있겠습니다."

"아니다. 널 벌세울 필요는 없다. 너한테는 나중에 천천히 이야기하마."

그렇게 말하며 가이지마가 다짜고짜 누마쿠라를 끌어내려고 하자 이번에는 다른 아이가 일어서며 말했다.

"선생님."

보니까 장난꾸러기 니시무라였다. 평소의 코흘리개 개구쟁이 같은 표정은 얼굴에서 흔적도 없이 사라지고, 열한두 살 먹은 어린아이라고는 생각할 수 없을 만큼의 진지함과, 주군을 위해 목숨을 던진 신하와 같은 불굴의 용기와 각오가 그의 얼굴을 번뜩 스쳐 지나갔다.

"아니다. 선생님은 죄 없는 사람에게 벌을 줄 수는 없다. 누마쿠라가 잘못했기 때문에 누마쿠라를 벌세우는 것이다. 야단맞지도 않은 사람은 쓸데없이 말할 필요가 없다!"

가이지마는 화가 벌컥 치밀어 올랐다. 왜 다들 누마쿠라의 죄를 뒤집어쓰려는 건지 이해할 수가 없었다. 그 정도로 누마쿠라가 날마다 아이들을 괴롭히고 협박한 것이라면 더더욱 괘씸하다는 생각이 들었다.

"뭐해! 빨리 일어서지 못해! 이리로 오라는데 왜 가만히 있는 거야!"

"선생님."

또 한 명 일어서는 아이가 있었다.

"선생님, 누마쿠라를 벌세우신다면 저도 같이 서 있겠습니다."

그렇게 말한 아이는 놀랍게도 우등생으로 반장을 맡은 나카무라였다.

"뭐라고?"

가이지마는 어처구니가 없어 붙잡고 있던 누마쿠라의 어

깨를 자기도 모르게 놓았다.

“선생님, 저도 같이 벌서겠습니다.”

대여섯 명의 아이들이 줄줄이 자리에서 우르르 일어섰다. 그 뒤를 따라 차례차례 대부분의 반 아이들이 이구동성으로 “저도요, 저도요” 하며 가이지마의 양옆으로 몰려들었다. 아이들의 태도에 선생을 골탕 먹이려는 나쁜 마음은 조금도 없어 보였고, 니시무라와 마찬가지로 정말로 스스로 희생양이 되어 누마쿠라를 구하겠다는 결심에 가득 차 있는 것 같았다.

“좋다. 그럼 전부 다 벌세워 주지!”

화가 머리끝까지 치밀고 당황한 나머지 가이지마는 앞뒤 사정을 좀 더 알아볼 생각도 없이 불같이 화를 내며 그렇게 소리칠 뻔했다. 만약 가이지마가 교사 경험이 적은 젊은 선생이었다면 틀림없이 그렇게 했을 만큼, 그는 신경이 바짝 곤두서 있었다. 하지만 사람들로부터 노련한 선생이라는 소리를 자주 듣는 그가 고작 5학년 아이들을 상대로 정색하고 달려들 생각은 없었다. 그 대신 그는 누마쿠라라는 한 소년이 지닌 묘한 위력에 대해 속으로 놀라움을 금할 수 없었다.

“누마쿠라가 나쁜 짓을 했으니 선생님이 벌주려는 건데 어째서 그런 말을 하는 거지? 너희들 모두 잘못 생각하고 있구나."

가이지마는 자못 당황스럽다는 듯 이렇게 말하고, 누마쿠라를 벌주려던 것을 하는 수 없이 그만두고 말았다.

그날은 반 아이들 모두를 야단치는 것으로 마무리하기는 했지만, 그 뒤로 누마쿠라라는 아이가 연구 대상처럼 여겨져 머릿속에서 떠나지 않았다. 소학교 5학년생이라고 하면 열한두 살 먹은 아직 어리고 철 없는 아이일뿐이다. 부모의 말이든 선생의 명령이든 좀처럼 듣지 않고 날뛰며 돌아다닐 나이인데도, 다들 하나같이 누마쿠라를 대장처럼 떠받들며 반 아이들 대부분이 그의 손발처럼 움직이고 있었다. 누마쿠라가 오기 전에 대장 역할을 하며 으스대던 니시무라는 물론, 우등생들인 나카무라와 스즈키까지, 뭔가가 두려운 건지 그게 아니면 진심으로 따르는 건지 모르겠지만 어쨌든 그의 명령이라면 철석같이 따랐고, 얼마 전처럼 누마쿠라에게 문제가 생기기라도 하면 자진해서 대신 벌을 받으려고 했다. 누마쿠라가 아무리 힘이 세고 배짱이 두둑하다 해도 그 역시 또래 아이들처럼 코흘리개일 뿐인데, "선생님이 이렇게 말했어"라는 말보다 "누마쿠라가 이렇게 말했어"라는 말이 아이들의 마음속에는 훨씬 더 무시무시한 소리로 울리는 것 같았다. 가이지마는 오랫동안 소학교 아이들을 가르치면서 꽤 다루기 힘든 불량소년이나 고집 센 아이들 때문에 골치를 썩은 적이 있지만, 여태껏 누마쿠라 같은 경우는 한 번도 본 적이 없었다. 그 아이가 어떻게 해서 이 정도로 온 반 아이들의 존경과 신뢰를 얻었는지, 또 어떻게 50명의 아이들을 그토록 잘 따르게 만들었는지, 그것은 분명 여러 소학교에서 쉽게 볼 수 없었던 일이었다.

반 아이들 모두를 힘으로 굴복시켜 수족처럼 부리는 것, 단지 그것만이라면 반드시 나쁜 행동은 아니다. 누마쿠라라는 아이에게 그만한 덕망과 위력이 있어 그렇게 된 것이라면 그를 질책할 이유는 조금도 없다. 다만 가이지마가 두려워한 것은 그가 흔히 볼 수 없는 불량소년일지도 모른다는 것이다. 다시말해, 만만하게 볼 수 없는 무서운 악동이어서 선량한 아이들까지 어쩔 수 없이 압박을 당하고 있는 건 아닌지, 그가 그렇게 차츰차츰 자신의 세력을 이용해서 나쁜 행동이나 버릇을 반 전체에 퍼뜨리거나 부추기는 건 아닌지 하는 것이었다. 그 정도의 인망과 세력으로 나쁜 버릇을 퍼뜨린다면 그것이야말로 큰일이라고 생각했다. 그런데 다행히 자신이 맡은 반에 큰아들 게이타로가 있어서 분위기가 어떤지 슬쩍 물어보니, 그의 걱정은 기우에 지나지 않았다는 것이 점점 분명해졌다.

"누마쿠라는 나쁜 애가 아니에요, 아버지."

아버지가 묻는 말에 게이타로는 잠시 머뭇머뭇하다, 그렇게 대답하는 것이 좋은 건지 나쁜 건지 몰라 망설이며 띄엄띄엄 대답했다.

"그래? 정말 그러니? 네가 일러바쳤다고 해서 아버지가 누마쿠라를 야단치거나 하는 일은 없을 테니 솔직하게 말해 봐. 얼마 전 수신 시간에 있었던 일, 그건 도대체 어떻게 된 거냐? 누마쿠라는 자기가 나쁜 짓을 했으면서도 노다한테 잘못을 뒤집어씌우려고 했잖아?"

그러자 게이타로의 설명은 이러했다.

—— 그건 분명히 나쁜 행동임에 틀림없다. 하지만 굳이 남을 곤경에 빠트리려는 속셈이 있어서가 아니라, 사실은 자기 부하들, 즉 반 아이들 모두가 얼마나 자신을 진심으로 따르고 있는지, 얼마나 자신에게 충성을 다하는지 시험해 보려고 일부러 그런 행동을 한 것이다. 그날 그 사건이 있고 나서, 누마쿠라는 반 아이들이 한 명도 빠짐없이 그를 위해 기꺼이 희생하려고 한다는 것, 그래서 선생까지도 손대지 못한다는 것을 충분히 확인할 수 있었다. 그때 누마쿠라가 가장 먼저 지명하여 기꺼이 죄를 뒤집어쓰려고 한 노다, 그리고 노다 다음으로 앞에 나선 니시무라와 나카무라, 이 세 명은 그

중에서도 가장 충성심이 깊은 아이들로, 그 뛰어난 공적 때문에 나중에 누마쿠라에게 칭찬을 들었다. ——

게이타로의 말을 보충해서 설명하면 대충 이런 사정인 것 같았다. 그리고 누마쿠라가 어떻게 해서, 언제부터 그만한 권력을 휘두르게 되었는지 물으니, 게이타로는 자신의 머리로는 그 원인을 분명히 설명할 수는 없었지만, 말하자면 이런 내용이었다.

—— 누마쿠라는 용기와 관대함과 의협심으로 가득 찬 소년으로, 그런 점들 때문에 차츰차츰 반의 우두머리가 된 것 같다. 단순히 힘으로만 본다면 그가 반에서 가장 센 것은 아니다. 스모 시합을 해 보면 오히려 니시무라가 이길 정도다. 그런데 누마쿠라는 니시무라와는 달리 약한 아이들을 괴롭히지 않기 때문에 두 아이가 싸움을 하면 대부분의 아이들은 누마쿠라를 응원한다. 게다가 스모 시합에서는 약하지만, 싸움에서는 무서울 만큼 강하다. 힘 말고도 용감한 기세와 위엄이 온몸에 가득 차, 상대방의 담력을 단번에 집어삼켜 버린다. 그가 입학했을 무렵 잠깐 동안 니시무라와 서로 대장 자리를 노리며 싸움을 벌였지만, 니시무라가 곧바로 항복해야 했다. 지금은 '항복'한 정도가 아니라 기꺼이 그의 부하가 되었다. 실제로 누마쿠라는 "나는 도요토미 히데요시가 될

거야"라고 말할 정도로, 왠지 모르게 아량이 넓고 친근한 데가 있어서, 처음에는 그를 적대시하던 아이들도 나중에는 결국 기꺼이 그의 명령을 따르게 되었다. 니시무라가 대장 노릇을 했을 때는 고분고분 따르지 않던 우등생 나카무라와 스즈키도 누마쿠라의 가장 충실한 부하가 되어, 그의 미움을 받지 않으려고 아부를 떨거나 기분을 맞춰 주었다. 게이타로는 지금까지 나카무라와 스즈키를 존경했지만, 누마쿠라가 온 뒤로는 그 둘이 조금도 대단하게 여겨지지 않았다. 공부는 잘 했지만, 누마쿠라에 비하면 마치 어른 앞에 선 아이로밖에 보이지 않았다.——

대충 그런 이유로 지금은 아무도 누마쿠라에게 대항하려 하지 않고, 모든 아이들이 기꺼이 그에게 복종하고 있다. 때로는 지나치게 제멋대로인 명령을 내리기도 하지만, 대부분의 경우 누마쿠라가 하는 행동은 정당하다. 그는 그저 자신의 패권만 확실하면 되기 때문에 그 권력을 이용하려는 행동은 거의 하지 않는다. 가끔 부하 중에서 약한 아이를 괴롭히거나 비굴하게 행동하는 사람이 있으면 대단히 엄한 제재를 내린다. 그래서 겁쟁이 아리타 같이 도련님으로 자란 아이들은 누마쿠라가 권력을 잡은 것을 누구보다도 가장 고마워한다.

아들 게이타로에게 자세한 이야기를 들은 가이지마는 누마쿠라에 대한 흥미가 더욱 커지지 않을 수 없었다. 게이타로의 말이 거짓이 아니라면 누마쿠라는 분명 불량소년이 아니다. 아이들의 대장으로서도, 참으로 기특하고 칭찬해 줄 만한 대장이다. 미천한 직공의 아들이기는 하지만 이런 소년이 나중에 정말로 뛰어난 인물이 될지도 모른다. 반 아이들을 자신의 부하처럼 따르게 하거나 거들먹거리는 행동들을 눈감아 주는 것이 조금은 해가 될지라도, 아이들이 기쁜 마음으로 따른다면 굳이 간섭할 필요도 없거니와 간섭한다고 해도 아마 효과가 없을 것이다. 아니, 간섭하기보다 오히려 누마쿠라의 행동을 칭찬해 주는 편이 더 나을지도 모른다. 어린데도 정의를 중시하고 약자를 보호하고 강자를 꺾는 그런 기개를 칭찬하고, 앞으로도 아이들의 인망을 얻도록 북돋워 주자. 그의 힘을 좋은 쪽으로 이용하여 반 전체에 도움이 될 수 있도록 이끌어 주자. 이렇게 생각한 가이지마는 어느 날 수업이 끝난 뒤 누마쿠라를 불렀다.

"선생님이 널 부른 건 야단치려고 해서가 아니다. 선생님은 너한테 크게 감탄했기 때문이야. 네게는 어른들한테서도 좀처럼 볼 수 없는 훌륭한 점이 있다. 반 아이들이 네 말을 잘 듣게 하는 건 선생님조차 쉽게 못 하는 일인데도, 넌 그걸 해내고 있구나. 너와 비교하니 선생님이 오히려 부끄러워질 뿐이다."

사람 좋은 가이지마는 진심으로 그렇게 느꼈다. 20년이나 학교 선생으로 근무했지만 반 아이들을 마음대로 통제할 덕망과 기량 면에서 이 어린 소년에도 미치지 못했던 것이다. '자기 자신은커녕 모든 소학교 선생 중에서, 대장 누마쿠라보다 더 잘 아이들을 감화시켜 진심으로 따르게 할 수 있는 사람이 과연 있을까? 우리 같은 '학교 선생'들은 겉으로만 어른일 뿐, 누마쿠라를 보면 부끄러워해야 하지 않겠는가. 우리가 아이들 앞에서 누마쿠라만큼 위신과 자애를 베풀지 못하는 이유는, 말하자면 우리 자신이 아이들과 같은 천진난만한 마음을 가질 수 없기 때문이다. 아이들에게 완전히 동화하여 함께 놀려는 진정한 마음이 없기 때문이다. 그러니까 우리는 앞으로 누마쿠라에게 많은 걸 배워야 한다. 아이들이 '무서운 선생'으로 여기고 두려운 존경심을 가지기보다는 '재미있는 친구'로 좋아할 수 있도록 애써야 한다.' ……

"그래서 선생님은 네가 앞으로도 더더욱 지금과 같은 마음가짐으로, 나쁜 짓을 하는 아이가 있으면 따끔하게 혼내고, 착한 일을 하는 아이는 더욱 격려해서 반 아이들 모두 훌륭한 사람이 되도록, 또 품행이 더 나아지도록 이끌어 주면 좋겠구나. 이건 선생님이 너한테 부탁하는 거야. 물론 대장이라는 사람이 난폭하게 행동하거나 나쁜 짓을 가르치면 문제가 되겠지만, 네가 모두를 위해 일해 준다면 선생님한테도 얼마나 큰 도움이 되는지 모른다. 어떠니? 누마쿠라. 선생님이 무슨 말을 하는지 이해하겠니?"

뜻밖의 이야기를 들은 소년은 뭐가 뭔지 영문을 알 수 없다는 표정을 지으며, 부드러운 미소를 띠고 있는 선생의 입가를 올려다보았는데, 조금 지나자 드디어 가이지마의 심중을 알아차린 것 같았다.

"선생님, 알겠습니다. 꼭 선생님 말씀대로 하겠습니다."

누마쿠라는 너무나 기쁘다는 듯 의기양양한 기색을 감추지 못하고 싱글싱글 웃으며 말했다.

가이지마도 의기양양한 기분이 조금은 들었다. '과연 나는 아이의 심리를 잘 이용하는 법을 알고 있어. 자칫 잘못하면 감당할 수 없는 누마쿠라 같은 소년을 내가 좋은 방향으로 잘 이끌었군. 역시 나는 소학교 선생으로서 어딘가 노련한 데가 있어.' 그렇게 생각하니 그는 기분이 유쾌해졌다.

다음 날 아침 학교에 간 가이지마는 누마쿠라를 조종하려는 자신의 계획이 예상보다 더 좋은 결과를 내고 있는 증거를 확실히 보고 내심 더 만족했다. 왜냐하면 반 분위기가 그날부터 왠지 기분 나쁠 정도로 확 바뀌어, 선생이 주의를 줄 필요도 없을 정도로 수업 중에 떠드는 아이가 한 명도 없었다. 아이들은 마치 쥐 죽은 듯이 조용해져 기침 소리 하나 없이 숨을 삼키고 있었다. 너무 이상해서 슬며시 누마쿠라의 모습을 살펴보니, 그는 이따금 품속에서 작은 수첩을 꺼내 교실 안을 둘러보면서 조금이라도 자세가 흐트러지는 아이가 있으면 바로 찾아내 벌점을 매기고 있었다. '역시 그랬군' 하고 생각하며 가이지마는 자기도 모르게 미소를 짓지 않을 수 없었다. 하루하루 날이 가면서 규율은 점점 더 엄격하게 지켜지는 듯했는데, 교실 안 아이들의 얼굴을 보면 그저 어떻게든 실수하지 않기만을 바라며 전전긍긍하는 모습을 또렷이 읽을 수 있었다.

"아니, 다들 요즘 어떻게 이렇게 예의 바르게 됐지? 너희들이 너무 얌전해서 선생님은 정말 기특한 마음이 든다. 기특하다 뿐인가, 정말 깜짝 놀랐다."

어느 날 가이지마는 그렇게 유난히 눈을 휘둥그레 뜨며 놀라움을 감추지 못했다. '조만간 선생님께서 칭찬하실 거야' 하고 기대한 아이들은 가이지마의 말을 듣자 순간 기쁜 마음에 큰 소리로 웃었다.

"너희들 모두 이렇게 예의 바르게 행동하니 선생님도 정말

너희들이 자랑스럽구나. 5학년 아이들이 전교에서 가장 어른스럽다며 요즘 다른 선생님들까지 다들 감탄하고 계셔. 어떻게 그렇게 정숙할까, 그 반 선생님은 전교의 모범이라며 교장 선생님까지 입이 마르도록 칭찬하신다. 그러니까 너희들도 그런 마음가짐으로 잠깐 동안만 그럴 것이 아니라 앞으로도 쭉 이어지도록, 그래서 모처럼 얻은 명예를 떨어뜨리지 않도록 해야 할 것이다. 선생님을 깜짝 놀라게 한 것이 작심삼일로 끝나지 않도록 부탁한다."

아이들은 다시 한 번 너무 기쁜 나머지, 와 하고 웃었다. 하지만 누마쿠라는 가이지마와 눈을 마주치고 빙긋 미소만 지을 뿐이었다.

일곱 번째 아이를 낳은 뒤로 갑자기 몸이 약해져 때때로 자리에 눕게 된 가이지마의 아내가 결국 폐결핵 진단을 받은 것은 마침 그해 여름이었다. M시로 이사 온 뒤 생활이 편해졌다고 생각한 것은 처음 한두 해 뿐, 갓 태어난 막내는 계속 골골거리며 병치레를 하는 데다, 아내는 젖이 나오지 않았다. 게다가 노모는 지병인 천식이 더 심해져 나이가 들수록 점점 성미가 급해졌고, 그렇지 않아도 살림살이가 힘든데 아내마저 폐병에 걸리는 바람에 온 집안은 더더욱 비참한 상태에 빠지고 말았다. 가이지마는 매달 30일이 다가오면 일주일 전부터 마음이 쓰여 몹시 우울해졌다. 가난했지만 다들 건강하고 즐겁게 생활하던 도쿄 시절을 떠올리면 오히려 그때가 지금보다 더 나은 것 같다는 생각마저 들었다. 지금은 자식 수도 늘어났을 뿐만 아니라 이것저것 물가가 비싸져 환자의 약값을 빼더라도 매달 지출하는 돈이 도쿄 시절과 비교해 전혀 달라지지 않았다. 그뿐 아니라 젊었을 때는 앞으로 차츰차츰 월급이 오른다는 희망도 있었지만, 지금은 앞날에 밝은 빛이라고는 조금도 보이지 않았다.

"그러고 보니 도쿄를 떠날 때 M시로 이사하는 건 방향이 나쁘다고 했지. 집안에 환자가 끊이지 않을 거라고 점쟁이가 말하지 않았니? 그래서 내가 어디 다른 데로 가자고 했는데도 넌 미신이라고 웃어넘겼지만, 거 봐라, 딱 그대로 됐잖니."

가이지마는 한숨을 쉬며 어찌해야 할지 모르고 있는데, 어머니는 툭하면 옆에서 그런 식으로 푸념을 늘어놓았다. 아내는 언제나 못 들은 척하며 잠자코 눈에 눈물만 그렁그렁 담고 있었다.

6월 말의 어느 날이었다. 학교에서 교직원 회의가 있어 해가 지고 나서야 집에 돌아온 가이지마는 이삼일 전부터 열이 나서 누워 있는 아내의 베갯머리에서 훌쩍거리는 아이의 울음소리를 들었다.

"아아, 또 누가 야단맞고 울고 있구나."

문지방을 넘자마자 바로 알아차린 가이지마는 신경이 쓰였다. 요사이는 집안 분위기가 왠지 모르게 뒤숭숭하고 어수선해, 어머니와 아내는 번번이 아이들을 야단쳤다. 아이들도 하루에 용돈을 한 푼도 못 받는 것에 짜증을 부리고 날마다 부모 속만 썩였다.

"할머니가 이렇게 말씀하시는데, 넌 왜 아무 대답이 없는 거니? 너 설마 엄마가 용돈 안 준다고 남의 물건을 훔친 건 아니겠지?"

콜록콜록 힘없는 기침 소리를 내며 이렇게 말하는 아내의 목소리를 듣자, 가이지마는 자기도 모르게 덜컥 가슴이 내려앉아 서둘러 방문을 열었다. 거기에는 큰아들 게이타로가 어머니와 아내 사이에서 추궁을 당하며 꼼짝도 않고 있었다.

"게이타로, 너 왜 야단맞고 있는 거냐? 어머니가 저렇게 몸이 안 좋아 누워 계시니 쓸데없이 말썽피우지 마라고 얼마 전에도 아버지가 말하지 않았니? 넌 큰형이 돼서 어찌 그리 모르는 거냐?"

아버지의 말을 들어도 게이타로는 여전히 고개를 푹 숙인 채, 가끔 무슨 생각을 하는지 눈물을 뚝뚝 방바닥에 떨어뜨렸다.

"아니, 내가 벌써 반년 전부터 왠지 게이타로의 행동이 이상하다고 생각했는데, 너 정말로 형편없는 인간이 된 거 아니냐?"

역시 눈시울이 젖어 있던 노모는 가이지마의 얼굴을 보자 목이 메었다.

하나하나 캐물어 보니, 노모가 화가 난 데에는 당연한 이유가 있었다. 어쩔 수 없이 학용품을 살 때 말고는 절대 쓸데없이 돈을 가지고 다니지 않는 게이타로가 이달 들어서부터 가끔 어디에선가 이런저런 물건이나 과자 따위를 가지고 왔다. 얼마 전에도 색연필 대여섯 자루를 갖고 있는 걸 보고 이상하게 여긴 어머니가 물어보니, 학교에서 누가 준 것이라고 했다. 또 그저께는 저녁에 집에 와서 복도 한구석에 숨어서 뭔가 한입 가득 우물거리고 있는 모습을 보고 할머니가 슬쩍 가까이 가서 들여다보니, 대나무 잎에 싼 찹쌀떡이 품속에 한가득 들어 있었다. 그러고 보니 요사이 게이타로가 이상하게 예전처럼 용돈을 달라고 보채지 않았다. 의심스러운 것이라면 그것 말고도 수상한 일이 얼마든지 있었다. 아무래도 낌새가 이상해 기회를 봐서 따져야겠다고 생각하던 참에, 오늘 또 이렇게 50전이나 하는 멋진 부채를 가지고 온 것이다. 물어 보니, 역시 친구에게 받은 것이라고 했다. 그러면 어디에 사는 누구에게 언제 받았냐고 물으니, 잠자코 고개를 숙인 채 대답하지 않았다. 더 의심스러운 마음이 들어 매섭게 캐물어, 결국 받은 게 아니라 산 것이라는 자백까지는 받았다. 하지만 그런 물건을 살 돈이 어디서 났는지 그것만큼은 아무리 입이 닳도록 캐물어도 실토하지 않았다. 그저 "남의 돈을 훔치지는 않았어요" 하고 끝까지 고집스럽게 버티기만 할 뿐이었다.

"안 훔쳤다는 녀석이 어째서 돈을 가지고 있단 말이냐? 어서 말해! 말 안 할 거야?"

할머니는 격앙된 나머지, 병든 몸인 것도 잊고 당장에라도 게이타로를 벌주려고 했다.

가이지마는 이야기를 듣고 있다 보니, 온몸에 소름이 쫙 끼치며 찬물을 끼얹은 것 같은 기분이 들었다.

"게이타로, 너 왜 솔직하게 말하지 않는 거냐? 훔쳤으면 훔쳤다고 지금 바로 털어놓아라. …… 아버지도 너한테 다른 집 아이들처럼 좋아하는 걸 사 주고 싶지만, 이렇게 우리 집에 아픈 사람이 많으니 좀처럼 네 일까지 챙겨 줄 형편이 안 되는구나. 힘들겠지만 너도 그건 참고 견뎌야 돼. 아버지는 설마 네가 남의 물건을 훔치는 나쁜 아이라고는 생각하고 싶지 않다. 하지만 사람은 자기도 모르게 그런 마음이 들 때도 있는 법이라, 처음에는 그런 생각이 없었다고 해도 자칫 나쁜 마음이 생길 수도 있다. 혹시 그랬다면 이번 한 번만큼은 용서해 줄 테니 솔직히 말해 봐라. 그리고 앞으로 두 번 다시 그런 짓은 하지 않겠다고 할머니께 잘못했다고 빌어라. 알겠니? 게이타로! 왜 잠자코 있는 거냐?"

"…… 하지만 아버지, …… 근데 전, …… 남의 돈 같은 거 훔치지 않았다니까요."

게이타로는 또 훌쩍훌쩍 울기 시작했다.

"하지만 너, 얼마 전에 색연필도 과자도 그 부채도 전부 네가 샀다고 하지 않았어? 그 돈은 대체 어디서 나온 거야? 그걸 말 안하면 알 수가 없잖아. 아버지가 계속 이렇게 부드럽게만 말하지는 않을 거다. 고집을 피우면 결국 호되게 야단칠 수밖에 없다. 그래도 괜찮아, 게이타로?"

그때 갑자기 게이타로가 큰 소리로 으앙 하고 울음을 터뜨렸다. 무슨 말인지 연신 입을 움직이며 말하고 있는 것 같았지만, 울음소리가 너무 큰 탓에 한동안 가이지마는 제대로 알아들을 수 없었다.

"…… 돈은 돈인데 진짜 돈이 아니에요. 가짜 돈이란 말이에요…….”

결국 게이타로는 울면서, 창피하다는 듯한 말투로 몇 번이나 거듭 그렇게 변명했다. 그리고 소년은 꼬깃꼬깃해진 가짜 지폐 한 장을 품속에서 꺼내 머리 위로 들어 올리며 손등으로 뺨의 눈물을 비벼 댔다.

아버지는 지폐를 받아 무릎 위에 펼치고 들여다보았다. 그것은 작은 양지(洋紙) 조각에 4호(號) 크기의 활자로 '백 엔'이라는 글자를 인쇄한, 뻔한 속임수로 만든 장난감일 뿐이었는데, 게이타로의 품속에 네다섯 장이나 들어 있었다. 5엔짜리며 10엔짜리, 또 그중에는 만 엔짜리도 있었는데, 금액이 커지면 커질수록 활자의 모양이나 지폐의 활판이 커졌다. 그리고 지폐 뒷면 모서리 부분에는 하나같이 '누마쿠라'라는 도장이 찍혀 있었다.

"여기 누마쿠라라는 도장이 찍혀 있잖아. 이 지폐는 누마쿠라가 만든 것이냐?"

대충 어떻게 된 사건인지 알아차린 가이지마는 가슴을 쓸어내리면서도 여전히 의심스러운 마음이 가시지 않았다.

"예, 맞아요."

게이타로는 고개를 끄덕이며 점점 더 큰 소리로 계속 울었다.

결국 그날 밤 내내 게이타로를 어르고 달래며 캐물은 끝에 가이지마는 그 지폐의 유래를 자세히 알게 되었다. 그가 예상한 대로 누마쿠라라는 소년이 세력을 키운 결과가 이렇게 놀랄 만한 사건이 되어 감추어져 있었던 것이다.

게이타로의 이야기를 듣고 생각해 보니, 가이지마가 스스로 노련한 조치라며 우쭐해했던 우두머리 조종책은 반쯤 성공했음에도 불구하고, 어느샌가 그 폐해도 적잖이 생기고 있는 것 같았다. 뜻밖에도 선생에게 칭찬과 격려의 말을 들은 누마쿠라는 크게 감격하면서 더 신이 나서 열심히 했다. 그는 먼저 반 아이들의 이름을 써 놓은 명부를 만들어 날마다 아이들의 말과 행동을 관찰하고, 그가 독자적으로 정한 기준에 따라 하나하나 엄하게 평가 점수를 매겼다. 출석, 결석, 지각, 조퇴…… 그런 것들을 선생이 할 때와 똑같은 권위를 가지고 하나하나 수첩에 기록하는 것은 말할 것도 없었다. 그뿐 아니라 결석한 아이에게는 결석 이유를 보고하게 한 다음, 따로 비밀탐정을 보내 그 이유가 진짜인지 알아보게 했다. 길에서 딴청을 피우다 수업 시간에 지각하거나 꾀병을 부려 결석하는 아이들은 바로 비밀탐정에게 증거가 잡히기 때문에 얼렁뚱땅 거짓말을 꾸며낼 수도 없었다.

그러고 보니 가이지마에게 뭔가 짚이는 게 있었다. 요즘 들어 결석이나 지각하는 아이가 아예 없다. C 마을에서 잡화점을 하는 집의 아들인 하시모토라는 병약한 아이조차 기특하게도, 창백하고 힘 없는 얼굴로 매일 학교에 나온다. 무엇보다 다들 무척 열심히 공부하는 것 같다. 가이지마는 바람직하다는 생각이 들어 기뻤다. 탐정 역에는 일고여덟 명의 아이들이 임명되었다. 그 아이들은 반에서 게으름을 피우는 아이들이 있으면 언제나 그 집 주변을 돌아다니거나 몰래 뒤를 밟으며 빈틈없이 감시했다. 물론 한편으로는 엄한 벌칙이 정해져 있어, 명령을 어긴 경우에는 반장이라도, 심지어는 누마쿠라 자신도 제재를 달게 받아야 했다.

벌칙의 종류가 점점 늘어나면서 제재 방법도 더 복잡해지고 탐정의 수도 많아졌다. 나중에는 탐정 외에 이런저런 공무원들도 임명되었다. 선생이 지명한 반장은 제쳐놓고, 그 대신 장난을 잘 치는 힘센 아이가 감독관으로 임명되었다. 출석부 담당, 운동장 담당, 오락 담당 같은 역할도 생겼다. 대통령인 누마쿠라를 보좌하는 직역도 생겼다. 재판관이 생기고 그 부관도 생겼다. 고관들의 업무를 수행하는 보좌관도 생겼다. 공무원 중에서 가장 지위가 높은 사람은 부통령인 니시무라였는데, 보좌관을 두 명 두었다. 우등생 나카무라와 스즈키는 처음에는 성격이 나약해 경멸당하기도 했지만, 조금씩 누마쿠라의 신임을 얻어 나중에는 대통령의 고문관이 되었다.

그러고 나서 누마쿠라는 훈장을 제정했다. 장난감 가게에서 납으로 된 훈장을 사 와서, 고문관에게 명령해 하나하나 그럴듯한 호칭을 붙이게 한 다음, 공로를 세운 부하에게 주었다. 훈장반이라는 직역이 또 하나 늘었다. 그런데 어느 날, 부통령 니시무라가 누군가를 재정부 장관으로 임명해 화폐를 발행하면 어떻겠냐고 건의했다. 대통령은 그 자리에서 기꺼이 그 제안을 받아들였다.

양주 가게 아들인 나이토라는 소년이 곧바로 재정부 장관으로 임명되었다. 한동안 그가 맡은 임무는 학교 수업이 끝나면 자기 집 이층에 틀어박혀 비서관 두 명과 함께 50엔부터 10만 엔까지의 지폐를 인쇄하는 것이었다. 완성된 지폐는 대통령에게 보내지는데, '누마쿠라'라는 도장을 받고 나서야 비로소 그 효력이 생겼다. 모든 아이가 직무의 고하에 따라 대통령에게서 봉급을 받았다. 누마쿠라의 한 달 치 봉급이 5백만 엔, 부통령이 2백만 엔, 장관이 백만 엔……, 그 아래 부하들은 만 엔이었다.

이렇게 저마다 재산이 생기자 아이들은 그 지폐를 마음껏 사용하며 각자의 소유품을 사고팔기 시작했다. 누마쿠라는 재산이 많은 덕에 자신이 원하는 물건을 거리낌 없이 부하들에게서 사들였다. 그중에서도 값비싼 장난감을 많이 가지고 있는 아이들은 몇 번이나 강제로 대통령에게 마지못해 건네줄 수밖에 없었다. S수력전기회사 사장의 아들인 나카무라는 다이쇼고토•를 20만 엔에 누마쿠라에게 팔았다. 부잣집 도련님 아리타는 얼마 전 도쿄에 갔을 때 아버지가 사 준 공기총을 50만 엔에 팔라는 말에 어쩔 수 없이 주고 말았다. 처음에는 그것이 학교 운동장 같은 데서 드문드문 펴졌는데, 나중에는 점점 규모가 커져 매일 수업이 끝나면 공원의 공터나 변두리의 풀숲 또는 T마을의 아리타네 집 같은 곳에서 여럿이 모여 시장을 열게 되었다. 마침내 누마쿠라는 법률을 하나 만들어, 부모에게 용돈을 받은 사람은 그 돈을 전부 물건으로 바꾸어 시장에 가져오라는 명령을 내렸다. 그리고 어쩔 수 없이 일용품을 사야 할 때를 제외하고는 대통령이 발행한 지폐 이외의 돈은 절대 사용하면 안 된다고 정했다. 이렇게 되자 자연히 부유한 집안의 아이들은 언제나 물건을 파는 쪽이 되었지만, 물건을 산 사람은 다시 그 물건을 다른 사람에게 팔게 되었기 때문에, 점점 누마쿠라 공화국 사람들의

• 금속의 두 줄 현을 가진 일본의 전통 현악기.

부(富)는 평준화되어 갔다. 가난한 집의 아이들이라도 누마쿠라 공화국의 지폐만 가지고 있으면 용돈 때문에 속상한 일은 겪지 않았다. 처음에는 장난삼아 시작한 일이었는데 결과가 이렇게 되자 이제는 모두 대통령의 선정(善政)(?)을 한결같이 찬양했다.

게이타로의 말을 듣고 대략 내용을 정리해 본 결과, 가이지마는 그와 같은 일들을 추측할 수 있었다. 아이들이 그들의 시장에서 파는 물건들은 매우 다양한 것 같았는데, 그날 밤 게이타로가 줄줄이 늘어놓은 것만 해도 스무 종류에 달했다. 거기에는 이런 것들이 있었다.

서양 종이, 공책, 앨범, 그림엽서, 필름, 막과자, 군고구마, 서양과자, 우유, 탄산음료, 과일, 소년 잡지, 동화책, 그림물감, 색연필, 장난감, 짚신, 나막신, 부채, 쇠붙이, 지갑, 칼, 만년필…….

이렇게 많은 종류의 물건이 남김없이 걷혀, 아이들은 시장에만 가면 원하는 물건을 거의 구할 수 있었다.

게이타로는 선생의 아들이라 누마쿠라의 특별한 보호를 받았기 때문에 돈 걱정할 일은 전혀 없었다. 아마도 누마쿠라는 가이지마의 집안 사정을 알고 있어 게이타로의 궁핍을 덜어 주려는 의협심도 있었던 것 같다. 게이타로는 항상 품속에 백만 엔쯤, 즉 장관과 비슷한 정도의 돈을 가지고 있었다. 할머니가 캐물은 색연필, 찹쌀떡, 부채 말고도 지금까지 여러 물건을 샀다고 한다.

그런데 누마쿠라는 다른 명령은 몰라도 이 화폐제도만큼은 선생에게 들키면 혼이 나지 않을까 걱정했다. 그래서 '절대 이 지폐를 선생님 앞에 꺼내면 안 된다, 선생님이 모르게 서로 조심하자'고 약속했고, 일러바치는 사람은 엄벌에 처한다는 규정까지 만들었다. 게이타로는 가장 의심받기 쉬운 처지에 놓여 있었기 때문에 평소 마음을 졸이고 있었는데, 오늘 밤 생각지도 못하게 도둑이라는 누명을 뒤집어쓰고 억울한 마음에 결국 실토하고 만 것이다. 온갖 고집을 부리다가 결국 큰 소리로 울음을 터뜨린 것은 다음 날 누마쿠라에게 엄벌을 받을 것이 무서웠기 때문이다.

"이런 겁쟁이 같은 녀석! 그렇게 울 일은 아니잖아. 누마쿠라가 널 못살게 굴면 이번엔 아버지가 누마쿠라를 엄하게 야단칠 테다. 네 녀석들 정말 어처구니없는 짓을 했구나. 네가 무슨 말을 해도 아버지는 내일 모두를 야단칠 수밖에 없다. 네가 고자질한 게 아니라고 말하면 되지 않느냐."

아버지가 꾸짖자, 게이타로는 그 말을 들으려고도 하지 않고 고개를 가로저었다.

"그렇게 말해도 소용없어요. 다들 절 의심하고 있어요. 오늘 밤에도 탐정이 우리 집에서 이러는 걸 듣고 있을지도 모른단 말이에요……."

그러면서 다시 으앙 하고 울음을 터뜨렸다.

가이지마는 어안이 벙벙해져 잠깐 멍하니 있을 뿐이었다. 내일 누마쿠라를 불러서 엄하게 타이른다고 해도, 도대체 이 사건을 어디서부터 손을 대고 어떻게 처리해야 할지 생각할 여유도 없을 만큼 기가 막히고 가슴이 덜컥 내려앉을 정도였다.

그해 가을이 끝나갈 무렵 어느 날, 피를 많이 토한 가이지마의 아내는 그날로 자리에 몸져누웠는데, 한동안 일어나기 어려울 것 같았다. 노모의 천식도 날씨가 추워지면서 더 악화되기만 할 뿐이었다. 산간 지역에 가까워서인지 M시의 공기는 다른 곳에 비해 건조했는데, 그것이 두 사람의 병에 유난히 좋지 않은 것 같았다. 다다미 여섯 장, 여덟 장, 넉 장 반 크기의 방이 세 개뿐인 집에서 두 사람은 내내 한 방에서 자리를 나란히 하고 누워, 연신 기침을 하거나 가래를 뱉곤 했다.

고등학교 1학년인 큰딸 하쓰코는 이때부터 부엌일을 도맡아 할 수밖에 없었다. 어둑어둑할 때쯤 일어난 하쓰코는 아궁이에 불을 지피고 환자의 머리맡에 밥상을 나르고 동생들 뒤치다꺼리까지 끝내고 나서야, 살갗이 터서 온통 갈라진 손을 닦고 학교로 갔다. 그리고 점심시간이 되면 다시 집으로 돌아와 또 한바탕 식사 준비를 했다. 오후가 되면 빨래도 하고 아기 기저귀도 갈아야 했다. 그 모습을 차마 볼 수 없어 아버지는 부엌에 가서 물도 길어 주고 청소도 도와주었다.

집안의 불행은 지금이 절정이 아니라 앞으로 얼마든지 더 나빠질 것만 같았다. 가이지마는 어쩌면 자신에게도 폐병이 옮은 건 아닐까 생각했다. 병이 옮으면 자신은 물론 온 식구가 폐병에 걸려 다 같이 죽으면 된다는 생각마저 들었다. 그렇지 않아도 요즘 게이타로가 잘 때 식은땀을 흘리고 이상한 기침 소리를 내는 것이 마음에 걸리기도 했다.

이래저래 힘든 일이 쌓인 탓인지, 가이지마는 교실에서 종종 화를 내고 아이들을 야단치는 일이 늘었다. 대수롭지 않은 일로도 신경이 곤두서고 이상하게 짜증이 나면서 온몸의 피가 머리 위로 불끈 솟구쳤다. 그럴 때는 수업을 하고 있거나 말거나 상관없이 밖으로 뛰쳐나가고 싶어졌다. 바로 며칠 전에도 가이지마는 한 아이가 문제의 그 지폐를 사용하는 모습을 보았다.

"선생님이 얼마 전에도 그렇게 야단쳤는데 아직도 너희들은 이런 걸 가지고 있는 거냐!"

이렇게 호통을 치는데, 순간 갑자기 심장이 쿵쿵 울리고 눈앞이 빙빙 돌며 쓰러질 것 같았다. 누마쿠라를 비롯하여 아이들은 모두 선생을 무시하기 시작하면서, 일부러 화를 돋우려고 짓궂은 짓만 계속했다. 아버지 때문에 따돌림을 당하게 된 건지, 요즘은 같이 노는 친구도 없어진 게이타로는 학교가 끝나고 집에 오면 갑갑한 집 안에서 온종일 빈둥거렸다.

11월 말의 어느 일요일 오후였다. 이삼일 전부터 계속 열이 나면서 바싹 야위고 쇠약해진 아내가 그래도 이부자리에서 아기를 꼭 끌어안고 곁에서 떼놓지 않았는데, 점심때쯤부터 아기가 자꾸만 코를 킁킁거리더니 나중에는 점점 더 칭얼대며 불에 데기라도 한 듯이 울기 시작했다.

"울면 안 돼. 응? 착한 아기니까 울면 안 돼. …… 자장자장 우리 아기, 자장자장……."

녹초가 되어 힘이 쭉 빠진 채 이따금 생각났다는 듯이 이렇게 되풀이하던 아내의 목소리도 차츰 들리지 않게 되었고, 그저 요란한 울음소리만 무시무시한 기세로 귀가 찢어질 듯 울려 퍼졌다.

옆방에서 책상 앞에 앉아 있던 가이지마는 그 소리가 들릴 때마다 장지문이나 귓가가 부르르 떨리는 걸 느꼈다. 그리고 허리 부근에서 등 쪽으로 뭔가가 덮쳐누르는 듯한, 서서히 발밑에서부터 몰아치는 듯한 참을 수 없는 기분을 가만히 참으며, 책상 곁을 떠나려고도 하지 않았다.

"우는 거라면 우는 게 나아. 이럴 때는 울음을 그칠 때까지 가만히 둘 수밖에 없어."

아버지도 어머니도 할머니도 다들 약속이라도 한 듯 그렇게 체념한 것 같았다.

아직 이삼일 치는 남았다고 생각했던 아기 우유가 이제 한 방울도 남지 않았다는 걸 알게 된 것은 오늘 아침이었다. 하지만 세 사람은 그보다 더 비참한 사실을 깨달았다. 모레 월급날이 될 때까지 집 안에 돈이 한 푼도 없다는 사실이다. 그걸 입 밖에 꺼내기가 두려워 세 사람은 잠자코 서로의 속내만 살피고 있었다. 이럴 때면 으레 그러듯이 큰딸 하쓰코가 설탕물을 만들어 오거나 죽을 끓여 내왔는데, 어찌 된 건지 아기는 입에도 안 대고 "응애, 응애" 하면서 더 성마른 울음소리를 냈다.

가이지마는 그 소리에 귀를 기울이고 있으니 슬픈 감정을 넘어, 괴로움도 즐거움도 없는 망망한 곳으로 끌려 들어가는 듯한 기분이 들었다. 울고 싶으면 실컷 울게 하는 편이 나아,

더 울어, 더 울어, 하고 속으로 혼잣말을 했다. 그러자 신경이 바짝바짝 타고 몸이 허공에 매달린 듯한 느낌이 들면서, 자신의 존재가 어깨 윗부분밖에 느껴지지 않았다. 그는 벌떡 책상에서 일어나, 답답하다는 듯 방 안을 이리저리 왔다 갔다 하기 시작했다.

"그래, 갚을 돈이 밀려 있다고 해서 거리낄 건 없어. …… 그 집 아들은 내가 맡고 있는 학생이잖아. …… 다음에 한꺼번에 갚겠다고 하면 '기회 될 때 그렇게 하시죠'라고 말할 게 틀림없어. 부끄러워할 게 전혀 없다고. 난 이렇게 소심하니까 안 되는 거야……."

이런 생각이 떠오른 뒤로 그는 머릿속에서 오직 한 가지만을 반복하면서, 한곳을 빙글빙글 맴돌았다.

날이 저물 때쯤 훌쩍 자리에서 일어나 밖으로 나간 가이지마는 K마을의 나이토 양주 가게 쪽으로 걸어가는 것 같았다.

가게 앞으로 가자, 그 앞에 서 있던 점원 하나가 정중히 머리를 숙이며 인사했다. 가이지마는 잠시 길에 멈춰 서서 살짝 웃음을 지었다. …… 계산대 뒤편으로 통조림과 양주가 빽빽이 진열된 선반 한구석에, 깡통에 든 우유 두세 개가 놓여 있는 것이 얼핏 눈에 들어왔다. 하지만 가이지마는 아무렇지 않은 듯이 그곳을 지나쳤다.

집 근처까지 오자, 아기가 아직 울고 있는지 으앙으앙 하고 목이 갈라진 듯한 소리가, 해가 저물어가는 마을 위로 대여섯 간 멀리까지 울렸다. 정신이 번쩍 든 가이지마는 발걸음을 되돌려 이번에는 정처 없이 어슬렁어슬렁 걷기 시작했다.

M시의 명물이라고 하는 A산에서 불어오는 산바람이, 이제 금방이라도 닥쳐올 겨울을 알리기라도 하듯 휭휭 차갑게 불면서 길 위로 몰아쳤다. T강을 따라 자리한 공원의 둑 아래 그늘진 곳에서 아이들 대여섯이 저녁 어둠 속에 웅크리고 앉아, 뭘 하면서 노는지 연신 소곤소곤 이야기를 나누고 있는 것 같았다.

"싫어, 나이토. 넌 너무 얍삽해. 난 이제 세 개밖에 없으니까 한 개에 백 엔이면 팔게."

"비싸잖아!"

"뭐가 비싸! 안 그래, 누마쿠라?"

"응, 나이토는 너무 얍삽해. 안 팔고 싶다는데, 사고 싶다면서 억지로 가격을 깎는 게 어딨어. 사려면 깎지 말고 사."

그 목소리가 들리자 가이지마는 멈춰 서서 아이들 쪽을 돌아보았다.

"아니, 너희들 뭐 하고 있는 거야?"

아이들은 순식간에 뿔뿔이 흩어져 도망가려고 했지만, 가이지마가 바로 옆에 서 있는 바람에 도망칠 수도 없었다. '이미 들켰으니 어쩔 수 없군. 야단맞는다고 해도 무슨 상관이야.' 그런 각오가 누마쿠라의 얼굴에 또렷이 떠올랐다.

"어때, 누마쿠라. 선생님도 한번 끼워 주지 않겠니? 너희들 시장에서는 어떤 물건을 팔고 있는 거냐? 선생님한테도 지폐를 좀 나눠 주고 같이 놀지 않을래?"

이렇게 말하는 가이지마의 표정을 보니, 입가에는 빙긋이 웃음기가 감돌았지만, 눈에는 섬뜩하게 핏발이 서 있었다. 아이들은 지금껏 이런 얼굴을 한 가이지마 선생을 본 적이 없었다.

"자, 같이 놀아 보지 않겠니? 너희들은 아무것도 꺼릴 것이 없다. 선생님은 오늘부터 여기 있는 누마쿠라의 부하가 되는 거다. 다른 아이들과 마찬가지로 누마쿠라 밑에 들어가는 거야. 응? 그러니 이제 아무 염려할 것 없다."

누마쿠라는 깜짝 놀라 두세 발짝 뒷걸음질 쳤지만, 금세 생각을 바꾸어 가이지마 앞으로 다가왔다. 그리고 정말로 부하 소년에게 대하듯 거만한 우두머리의 위엄을 유지하면서 말했다.

"선생님, 정말이세요? 그럼 선생님한테도 재산을 나눠 드릴게요. 여기요, 백만 엔."

그러면서 지갑에서 그만큼의 지폐를 꺼내 가이지마에게 건넸다.

"야아, 재밌겠다. 선생님도 우리 놀이에 끼었어."

한 아이가 그렇게 말하자, 두세 명의 아이들이 손뼉을 치며 좋아했다.

"선생님, 선생님은 뭐가 필요하세요? 필요한 건 뭐든지 팔게요."

"음, 담배, 성냥, 맥주, 마사무네 술, 사이다……."

한 명이 역내 매점에서 일하는 판매원을 흉내 내며 소리쳤다.

"선생님 말이니? 선생님은 깡통 우유 한 개가 필요한데, 너희들 시장에서 팔고 있니?"

"우유요? 우유라면 우리 가게에 있으니까 내일 시장에 가져올게요. 선생님이라면 한 개 천 엔으로 깎아 드릴게요!"

그렇게 말한 것은 양주 가게 아들 나이토였다.

"음, 좋아, 좋아. 천 엔•이라면 싸구나. 그럼 내일 다시 여기에 놀러 올 테니까 우유 잊으면 안 된다."

됐어, 하고 가이지마는 속으로 말했다. 아이들을 속여 우

• 천 엔은 당시 총리의 1년 연봉과 맞먹는 금액이었다.

유를 사다니, 내 솜씨도 꽤 좋은데. 난 역시 아이들을 다루는 게 노련해.

공원에서 돌아가는 길에 K마을의 나이토 양주 가게 앞을 지나간 가이지마는 갑자기 성큼성큼 가게 안으로 들어가 우유를 샀다.

"아아, 가격이 아마 천 엔이었죠? 그럼 여기 놓아두겠습니다."

조금 전에 받은 지폐를 소맷자락 안에서 꺼내는 순간, 그는 괴로운 꿈에서 깨어난 것처럼 깜짝 놀라 눈을 비비더니 금세 얼굴이 새빨개졌다.

'아, 아니, 내가 정신이 나갔나 보군. 그래도 빨리 정신을 차려서 다행이지만 어처구니없는 소리를 했구나. 미친 놈으로 보이면 안 되니까, 빨리 뭐라고 얼버무려야지.'

그런 생각을 하면서 그는 큰 소리로 껄껄 웃으며 점원에게 이렇게 말했다.

"아아, 이걸 지폐라고 한 건 농담입니다. 그래도 뭐 그냥 받아 두세요. 어차피 30일이 되면 이 종이 쪽지는 돌려 받고, 현금으로 천 엔을 지불할 테니까요……."

어머니를 그리는 글

옛날을 그리워하는 새일까,
굴거리나무 잎 샘물 위를 울며 지나가는구나
— 만요슈(万葉集)

…… 하늘은 잔뜩 흐리고 달은 깊은 구름 속에 숨었지만, 그래도 어디선가 빛이 새어드는지 집 밖이 희부옇게 밝아 온다. 그 밝음은, 밝다고 생각하면 꽤 밝은 듯하여 길섶의 돌멩이까지 또렷이 보일 정도지만, 왠지 모르게 눈앞이 뿌옇게 흐려 먼 곳을 가만히 바라보면 눈동자가 간질간질한 듯 느껴지는, 어떤 신비로운 환상과도 같은 그런 밝음이다. 뭔가, 인

간 세상을 떠난, 아득히 먼 무한의 나라를 떠올리게 하는 듯한 밝음이다. 그때그때의 기분에 따라 깜깜한 밤으로도, 환한 달밤으로도 생각할 수 있는 밤이다. 희부옇게 밝은 속에서도 유난히 더 하얀 한 줄기 길이 내 앞으로 쭉 뻗어 있었다. 길 양쪽에는 길쭉길쭉한 소나무 가로수가 눈길 닿는 끝까지 이어져 있었고, 때때로 왼쪽에서 불어오는 바람에 잎사귀와 나뭇가지가 사각사각 소리를 내고 있었다. 바람은, 묘하게 축축한 기운을 머금은, 바다 내음이 진하게 나는 바람이었다.

분명 바다가 가까이 있는 거야, 하고 나는 생각했다. 나는 일고여덟 살쯤 된 아이였고 또 어릴 적부터 굉장히 겁이 많은 소년이었던 탓에, 이렇게 깊은 밤, 이토록 적막한 시골길을 혼자서 걷는 것이 무척 불안했다. 왜 유모가 함께 와 주지 않았을까? 내가 너무 짓궂게 굴어 화가 나서 집을 나가 버린 게 아닐까? 그렇게 생각하면서도 나는 여느 때처럼 무서워하지는 않고 그저 그 길을 따라 걸어갔다. 내 조그만 가슴속은 밤길이 무섭다는 생각보다도, 괴롭고 안타까운 슬픔으로 가득 차 있었다. 우리 집이, 그토록 북적대는 니혼바시 한가운데에 있던 우리 집이 이런 시골 변두리로 이사해야 했던 일, 어제와는 너무나 달라져 버린 우리 집의 비운, 그것이 아이인 나의 마음에도 말할 수 없는 슬픔을 안겨 주었다. 나는 스스로 나 자신을 불쌍한 아이라고 생각했다.

얼마 전까지만 해도 솜을 넣은 노란색 비단옷 위에, 윤기 나는 명주실로 짠 하오리를 걸쳐 입었고, 잠시 바깥에 나갈 때도 옥양목 버선에 바닥을 폭신하게 덧댄 나막신을 신었다. 그런데 이 얼마나 비참하게 변한 모습이란 말인가. 마치 '데라코야' 인형극에 나오는 침흘리개 아이처럼 지저분하고 볼품없는, 남들 앞에 나서지도 못할 만큼 부끄러운 꼴이 되고 말았다. 손과 발은 살이 트고 발갛게 갈라져 푸석돌처럼 거칠거칠하다. 생각해 보면 유모가 집을 나간 것도 무리는 아니다. 우리 집은 이제 더는 유모를 둘 만한 형편이 안 되었던 것이다. 유모는커녕, 나는 날마다 아버지와 어머니를 도와 함께 일을 해야 한다. 물을 긷고, 불을 지피고, 걸레질을 하고, 멀리 심부름도 가고, 그런 여러 가지 일을 해야 한다.

이제 더는 그 아름다운 풍경화 같은, 닌교초의 북적이는 밤거리를 돌아다니지 못하는 걸까? 스이텐구 신사의 잿날에도, 가야바초의 야쿠시도 절에도 이제 놀러 갈 수 없는 걸까? 그건 그렇고, 고메야초에 사는 미이는 지금쯤 뭘 하고 있을까? 요로이바시 다리의 뱃사공 아들 뎃코는 어떻게 되었을까? 어묵 가게의 신코, 나막신 가게의 고지로, 그 친구들은 지금도 날마다 사이좋게 몰려다니며, 담배 가게를 하는 가키우치 씨의 집 이층에서 연극 놀이를 하고 있을까? 어쩌면 이제 그 친구들과는 어른이 될 때까지 다시 만날 일은 없을 것이다. 그렇게 생각하니 섭섭하기도 하고 마음이 아프기도 하다. 하지만 내 가슴을 뻥 뚫어 놓은 슬픔은 단지 그것 때문만은 아닌 것 같다. 마치 이 소나무 가로수에 걸린 달빛이 까닭 없이 슬픈 것처럼, 내 가슴에는 이유를 알 수 없는 한없는 슬픔이 바싹 다가오고 있다. 왜 이리도 슬픈 걸까? 그리고 이렇게 슬픈데 왜 나는 울지 않는 걸까? 툭하면 우는 울보답지 않게 나는 눈물 한 방울 흘리지 않는다. 마치 구슬픈 가락으로 가득한 샤미센•을 들을 때와 같은, 투명하게 비치는 물처럼 맑게 갠 슬픔이 마음속 깊은 곳 어디에선가 불쑥 밀려온다.

처음에는 길고 긴 소나무 들판의 오른편에 밭이 있는 것 같았다. 하지만 걷다가 문득 정신을 차려 보니, 어느새 밭이 아니라 뭔지 모를, 마치 깜깜한 바다 같은 평면이 드넓게 펼쳐져 있다. 그리고 평면 여기저기에 뭔가 푸르스름한 것이 하늘거리면서 보였다 사라졌다 한다. 바다 냄새가 나는 바람이 왼쪽에서 불어올 때마다, 푸르스름하게 하늘거리는 그것

• 일본의 전통 현악기.

은 더 많아지고, 마치 목이 쉰 노인의 맥 빠진 기침 소리를 떠올리게 하는 듯한 거친 소리로 바스락바스락 울고 있다. 바다 표면에 물마루가 솟아오르나 싶었지만, 아무래도 그런 것 같지는 않다. 바다가 그렇게 바스락 소리를 낼 리가 없다. 어찌 보면 요괴가 허연 이를 드러내고 히죽히죽 웃고 있는 것 같기도 해서 나는 될 수 있으면 그쪽으로 눈을 돌리지 않으려고 애를 썼다. 하지만 꺼림칙한 기분이 들면 들수록 눈길이 가는 바람에 이따금 힐끔힐끔 그쪽을 훔쳐본다. 힐끗힐끗 몇 번을 보아도 정체가 무엇인지 알 수 없다. 쏴 하는 솔바람 소리 사이로 바스락바스락하고 우는 소리가 점점 더 자주 내 귀를 위협한다. 그러자 바로 왼쪽의 소나무 들판 너머 저 멀리서 철썩철썩하고 진짜 바닷소리가 들려왔다. 저것이야말로 분명 파도 소리다. 바다가 울고 있구나, 하고 나는 생각했다. 그 바닷소리는 멀리 떨어진 부엌에서 맷돌을 가는 것처럼 희미하지만 힘차고 묵직하게 울려온다.

파도 소리, 솔바람 소리, 바스락바스락하는 정체를 알 수 없는 울음소리, 나는 이따금 우뚝 멈춰 서서, 온몸으로 스며드는 그 소리들에 귀를 기울이다가 또다시 터벅터벅 걸어갔다. 이따금 밭의 거름 냄새 같은 것이 어디에선가 풍기는 것 같았다. 걸어온 길을 뒤돌아보니, 앞으로 가야 할 길에 있는 것들과 똑같은 소나무 가로수들이 한없이 이어져 있다. 어디를 둘러보아도 인가의 불빛 같은 것은 아예 보이지 않는다. 그뿐만 아니라 벌써 한 시간이 넘도록 걷고 있는데도, 지나가는 사람이 한 명도 없다. 어쩌다 마주치는 것이라고는 왼쪽의 소나무 들판을 따라 스무 간마다 하나씩 나란히 서 있는 전봇대뿐이다. 그리고 그 전봇대도 저 파도 소리처럼 큰 소리로 요란하게 울고 있다. 나는 딱히 할 일이 없어, 전봇대 하나를 지나면 그다음 전봇대를 향해 하나, 둘, 셋, …… 그렇게 숫자를 세며 걸어갔다.

서른, 서른하나, 서른둘, ……, 쉰여섯, 쉰일곱, 쉰여덟, …… 이렇게 아마도 내가 일흔 개째 전봇대까지 세었을 때였을까, 드디어 길 너머로 저 멀리 불빛이 한 점 반짝하고 보이기 시작했다. 내 목표는 자연히 전봇대에서 그 불빛으로 옮겨갔고, 불빛은 몇 번인가 소나무 가로수 사이로 깜박하며 사라졌다가 다시 나타난다. 나와 불빛 사이의 거리는 전봇대 숫자로 치면 열 개쯤 떨어져 있는 것 같았지만, 막상 걸어 보니 아무래도 그렇게 가깝지는 않다. 열 개는커녕 전봇대 스무 개를 지나가도 불빛은 여전히 멀리서 깜박이고 있다. 초롱불만 한 밝기로 내내 한 곳에 머물러 있는 것 같지만, 어떻게 보면 내가 가는 쪽을 향해 같은 속도로 일직선으로 움직이고 있는지도 모른다…….

내가 드디어 그 불빛이 있는 곳에서 반 정쯤 떨어진 곳까지 다가간 것은 그로부터 몇 분, 혹은 몇십 분이 지난 뒤였을 것이다. 초롱불만 한 밝기로 흐릿하게 보였던 그 불빛은 이윽고 점점 더 선명해져, 그 근처의 어두컴컴한 길을 대낮처럼 또렷이 비추고 있다. 한동안 희뿌연 땅바닥과 검은 소나무만 눈에 익은 나는 그제야 소나무 잎이 녹색이라는 것이 생각났다. 그 불빛은 어느 전봇대 위에 매달린 아크등이었던 것이다. 바로 그 아래에 왔을 때 나는 잠시 멈춰 서서, 땅바닥에 또렷이 그림자를 드리우고 있는 내 모습을 둘러보았다. 정말이지 소나무 잎이 무슨 색인지조차 잊어버렸을 정도였으니, 이쯤에서 아크등과 마주치지 않았더라면 나는 아마 내 모습마저 잊어버렸을지도 모른다. 이렇게 불빛 안에 들어와 보니, 방금 걸어온 소나무 들판도, 앞으로 걸어갈 길도, 내 주변에서 대여섯 간 정도만 벗어나면 온통 깜깜한 어둠의 세계였다. 저렇게 어두운 곳을 용케 지나왔구나, 하고 생각했다. 어쩌면 저 어둠 속을 걷고 있었을 때 나는 영혼뿐이었는지도 모른다. 그리고 여기 밝은 곳으로 나오자마자 육체가 영혼에게로 돌아온 건지도 모른다.

그때 나는 문득, 조금 전에 바스락바스락하던 메마른 소리가 여전히 오른편 어둠 속에서 들려오는 것을 느꼈다. 하얗게 펄럭거리는 것이 아크등의 빛을 받아 조금 전보다 더 또렷이 어둠 속에서 움직이고 있는 것 같다. 그 움직임은 어렴풋이 희미한 빛을 띠고 있어 더더욱 꺼림칙한 느낌이 든다. 나는 마음을 다잡고, 소나무 가로수 사이에서 어둠을 향해 고개를 내밀어, 펄럭거리는 그것을 가만히 바라보았다. 1분…… 2분…… 나는 그렇게 한동안 바라보았지만 여전히 정체를 알 수 없었다. 그 하얀 물체는 내 발 바로 밑에서부터 저 멀리 칠흑같이 어두운 곳까지, 마치 무수한 도깨비불이 빛을 발하는 것처럼 반짝하고 나타나더니 다시 사라져 버린다. 너무나 이상해서 나는 온몸에 찬물을 뒤집어쓴 듯 오싹했지만, 그래도 한참 동안 가만히 쳐다보았다. 그러는 사이에, 마치 잊고 있던 것이 차츰차츰 기억 속에 되살아나듯이, 또는 날이 어렴풋이 밝아 오듯이, 그 이상한 물체의 정체가 무엇인지 알게 되었다. 칠흑같이 한없이 펼쳐진 평지는 온통 오래된 늪이었고, 그곳에는 수많은 연꽃이 피어 있었다. 연꽃은 이미 반쯤 시들어 가고 있었고, 연잎은 종이 부스러기처럼 바싹 말라 있다. 그 잎들이 바람이 불 때마다 바스락 소리를 내면서, 잎사귀 뒤 하얀 부분을 드러내며 살랑거리고 있었던 것이다.

어쨌든 그 오래된 늪은 무척 큰 것이 틀림없다. 아까부터 나를 위협하고 있다. 도대체 이 늪은 여기서부터 어디까지 이어져 있는 걸까? 그런 생각을 하며 나는 늪 너머 내가 가야 할 길을 바라보았다. 늪과 연꽃은 눈길 닿는 데까지 끝도 없이 펼쳐져, 저 멀리 잔뜩 찌푸린 하늘로 이어진다. 마치 폭풍우가 몰아치는 밤의 망망대해를 바라보는 것 같다. 그런데 그 사이로 단 한 점, 마치 먼 바다의 고깃배가 물고기를 꾀려고 불을 깜박이듯 빨갛게 깜빡거리는 자그마한 것이 있다.

"어, 저기 불빛이 보이네. 저기에 누가 살고 있나 봐. 인가가 보이기 시작했으니 이제 곧 마을에 도착하겠구나."

나는 왠지 모르게 기분이 좋아져 아크등 불빛 속에서 어둠을 향해 용기를 내고 길을 재촉했다.

대여섯 정쯤 걸어가는 동안 불빛은 점점 가까워진다. 그곳에는 억새 지붕의 농가 한 채가 있고, 그 집 창의 장지문에서 불빛이 새어 나오는 것 같다. 저기에는 누가 살고 있을까? 어쩌면 이 쓸쓸한 들판 한복판에 있는 저 집에 내 아버지와 어머니가 살고 있는 건 아닐까? 저기가 우리 집은 아닐까? 불빛이 깜빡거리는 저 그리운 창문을 열면 나이 드신 아버지와 어머니가 화롯가에서 섶나무 가지를 때면서,

"아유, 준이치구나. 용케 심부름을 다녀왔네. 자, 어서 들

어가 불 곁으로 가렴. 밤길에 꽤 무서웠을 텐데 기특하구나" 하고 나를 어루만져 주지 않을까?

한 줄로 쭉 뻗은 길은 농가 근처에서 살짝 왼쪽으로 꺾인 것 같은데, 길 오른쪽에 있는 그 집의 불빛이 소나무 가로수 길이 끝난 곳을 비추고 있는 게 보인다. 집 현관 쪽에는 장지문 네 짝이 꼭 닫혀 있고, 문 옆 부엌 입구에는 새끼줄을 꼬아 만든 발이 쳐져 있는 것 같다. 발 사이로 새어 나오는 부엌의 불빛이 길바닥을 희미하게 비추며, 건너편 커다란 소나무의 밑동에까지 어렴풋이 닿아 있다. …… 나는 이미 그 집에서 한 간밖에 떨어지지 않은 곳까지 와 있었다. 발에 가려진 설거지대에서 뭔가를 씻고 있는지 물소리가 들린다. 처마 끝 작은 창에서는 가느다란 연기가 아른아른 피어올라, 초가지붕의 처마 밑에 제비집처럼 몽글몽글 덩어리져 있다. 지금쯤 뭘 하고 있을까? 이렇게 늦은 시각에 저녁 식사 준비를 하는 걸까? 그런 생각이 들자마자 자주 맡던 된장국 냄새가 훅 하고 내 코를 덮쳐 왔다. 그리고 생선을 굽고 있는지 지글지글 기름 타는 구수한 냄새가 났다.

"아아, 어머니는 내가 제일 좋아하는 꽁치를 굽고 있구나. 틀림없어."

나는 갑자기 배가 고파졌다. 빨리 저기로 가서 어머니와 함께 꽁치와 된장국을 반찬으로 밥을 먹고 싶었다.

나는 벌써 그 집 앞까지 와 있었다. 새끼줄로 꼰 발 사이로 안쪽을 들여다보니, 역시 내 생각대로 머리에 수건을 두른 어머니가 등을 돌린 채 부뚜막 옆에 웅크리고 앉아 있다. 그리고 대나무 통을 손에 쥐고, 눈이 매운지 깜빡거리면서 아궁이 밑으로 쉴 새 없이 바람을 불어넣고 있다. 아궁이에는 땔감 두세 개가 타고 있어, 불길이 뱀의 혀처럼 치솟을 때마다 어머니의 옆얼굴이 은은하게 발그스름해 보인다. 도쿄에서 아무런 부족함 없이 살던 시절에는 밥 짓는 일 같은 것은 한 번도 해 본 적이 없었을 테니 어머니는 분명 힘드시겠지. …… 솜을 울퉁불퉁 넣고 지저분한 쌍올실로 짠 무명옷 위에, 남색 격자무늬가 들어간 소매 없는 겉옷을 걸쳐 입은 어머니는 입으로 있는 힘껏 바람을 불고 있어서인지, 등이 곱사등이처럼 둥그렇게 굽어 있다. 언제 이렇게 시골 할머니가 되어 버렸을까.

"어머니, 어머니, 저예요. 준이치가 돌아왔어요."

그렇게 나는 문간에서 말을 걸었다. 그러자 어머니는 조용히 대나무 통을 내려놓더니, 두 손을 허리 뒤에 얹고 등을 구부린 채 천천히 일어섰다.

"넌 누구냐? 네가 내 아들이니?"

내 쪽을 돌아보며 그렇게 말하는 목소리는 저 오래된 늪의 연꽃이 내는 소리보다 더 거칠고 희미하다.

"예, 맞아요. 제가 어머니 아들이에요. 아들 준이치가 돌아왔어요."

하지만 어머니는 가만히 내 모습을 쳐다볼 뿐 아무 말도 하지 않는다. 머리에 두른 수건 밑으로 보이는 희끗희끗한 머리카락에는 아궁이의 재가 붙어 있다. 뺨에도 이마에도 깊은 주름이 져 있어, 이제는 폭삭 늙어 버린 것 같다.

"난 벌써 오랫동안 10년, 20년을 이렇게 아들이 돌아오기만을 기다리고 있지만, 그래도 넌 내 아들이 아닌 것 같구나. 내 아들은 벌써 훌쩍 자랐을 테니 말이다. 그리고 지금 당장에라도 이 길을 걸어 집 앞을 지나갈 거야. 난 준이치라는 아들을 둔 적이 없단다."

"아, 그러세요. 할머니는 제 어머니가 아니셨군요."

그러고 보니 그 말대로 할머니는 내 어머니가 아니다. 비록 아무리 쇠약해졌다고 해도, 내 어머니는 아직 이렇게 나이가 들지는 않았을 것이다. 그렇다면 도대체 어머니가 계신 집은 어디에 있는 걸까.

"저기, 할머니. 저도 우리 어머니가 보고 싶어서 아까부터 이렇게 이 길을 걷고 있는데, 할머니는 우리 어머니가 있는 집이 어딘지 모르세요? 알고 계시면 부탁이니까 좀 가르쳐 주세요."

"네 어머니 집?"

그렇게 말하며 할머니는 눈곱이 가득 낀 침침한 눈을 휘둥그레 떴다.

"네 어머니가 사는 집을 내가 어찌 안단 말이냐?"

"그럼 할머니, 제가 밤길을 걸어오느라 배가 너무 고파서 그런데, 뭐 좀 먹을 게 없나요?"

그러자 할머니는 굳은 표정을 지으며 머리끝에서 발끝까지 내 모습을 가만히 쳐다보았다.

"네 이 녀석, 아직 나이도 어린데 참 뻔뻔한 아이구나. 너, 엄마가 있다는 그 말, 틀림없이 거짓말이지? 그렇게 추레한 행색을 한 걸 보니, 거지 아니냐?"

"아니에요, 할머니. 그런 게 아니에요. 전 아버지도 어머니도 다 계세요. 집이 가난해 옷차림이 초라해서 그렇지 거지는 아니에요."

"거지가 아니라면 밥은 네 집에 가서 먹으면 되지. 여긴 먹을 거라고는 아무것도 없다."

"하지만 할머니, 저기 저렇게 먹을 게 있잖아요. 할머니는 조금 전에 밥을 짓고 계셨잖아요. 저 냄비 안에는 된장국도

끓고 있고, 또 저 석쇠 위에는 꽁치도 구워져 있잖아요."

"아니, 이런 못된 녀석. 남의 집 부엌 냄비 안에 있는 것까지 눈독을 들이다니, 정말 몹쓸 녀석이구나. 안됐지만 이 밥하고 생선이랑 된장국은 너한텐 못 준다. 이제 곧 아들이 돌아오면 당연히 밥을 먹을 테니까 이렇게 준비하고 있는 거야. 내 귀한 아들을 위해서 준비한 걸 어째서 너한테 준단 말이냐? 자, 자, 여기 이러고 있지 말고 어서 밖으로 나가거라. 난 할 일이 있어. 가마솥에 밥이 끓어 넘치는데, 너 때문에 눌어붙어 타는 냄새가 나잖아."

할머니는 얼굴을 찡그리며 그렇게 말하고는, 매정하게 부뚜막 곁으로 가 버렸다.

"할머니, 할머니, 그렇게 쌀쌀맞게 말하지 마세요. 전 배가 고파 쓰러질 것 같아요."

그렇게 말해 보았지만, 할머니는 이제 뒤도 돌아보지 않고, 아무 대답도 없이 하던 일을 계속했다. ……

"어쩔 수 없어. 배가 고파도 참아야지. 그리고 어서 집에 있는 어머니한테로 가야지."

나는 혼자서 찬찬히 생각하며 새끼줄 발을 걷고 밖으로 나갔다.

그곳에서 왼쪽으로 꺾인 길 앞쪽으로 대여섯 정쯤 떨어진 곳에 언덕이 하나 있는 것 같다. 그 언덕 기슭까지 희끄무레하게 길이 쭉 이어져 있는데, 언덕 끝을 지나서는 어떻게 되어 있는지 여기서는 알 수 없다. 언덕에는 이 길의 소나무 가로수처럼 시커멓고 커다란 소나무 숲이 산꼭대기까지 울창하게 우거진 것 같다. 어두워서 또렷이 보이지는 않지만, 서걱서걱 솔바람 소리가 온 언덕을 흔들고 있어 그런 상상이 든다. 조금씩 가까이 다가가니, 길은 언덕 기슭을 누비며 소나무들 속에서 오른쪽을 향해 나 있다. 내 주위로 나무 그림자가 물밀듯 펼쳐져, 주위는 어둠이 전보다 더 짙어졌다. 나는 고개를 들고 하늘을 쳐다보았다. 하지만 하늘은 울창한 소나무 가지에 가려 조금도 보이지 않는다. 머리 위로는 여전히 솔바람 소리가 횡, 횡 하고 들려왔다. 나는 이제 배고픔이고 뭐고 아무 생각도 나지 않고 그저 두렵기만 했다. 전봇대에서 윙윙 울리던 소리도, 연꽃이 핀 늪에서 사각사각하던 소리도 이제는 들리지 않고, 그저 바다에서 나는 굉음만이 여전히 땅을 흔들며 울고 있다. 왠지 모르게 바닥이 묘하게 물러서 걸을 때마다 발이 푹푹 빠지는 느낌이다. 분명 길바닥이 모래땅이어서 그럴 것이다. 그렇다면 그다지 이상할 것도 없지만, 그래도 역시 기분이 좋지는 않다. 아무리 걸어도 내내 한 곳만 하염없이 밟고 있는 것 같다. 모래로 된 땅이 이토록 걷기 힘들다는 것을 여태껏 한 번도 느껴 본 적이 없다. 게다가 지금까지와는 달리, 툭하면 길이 오른쪽으로 꺾이기도 하고 왼쪽으로 굽어지기도 한다. 자칫 잘못하다가는 소나무 숲속으로 들어가 버릴 것만 같다. 나는 점점 감정이 북받쳐 올랐다. 이마에는 식은땀이 배어 나왔고, 심장 소리와 숨소리가 세차게 변하는 것을 내 귀로도 똑똑히 들을 수 있었다.

고개를 숙이고 발밑을 쳐다보며 걷고 있던 나는 그때 문득, 동굴처럼 좁은 곳에서 드넓은 곳으로 빠져나온 것 같은 기분이 들어 무심코 고개를 들었다. 소나무 숲은 여전히 끝이 보이지 않았지만 저 멀리 맞은편에, 마치 망원경을 들여다볼 때처럼, 작고 동그랗게 빛나는 것이 있다. 다만 그것은 등불처럼 밝다기보다는, 은이 반짝반짝 빛나는 것처럼 날카롭고 차갑게 밝다.

"아아, 달이다, 달이야. 바다 위에 달이 떴구나."

나는 바로 그런 생각이 들었다. 마침 맞은편의 소나무 숲이 드문드문해지면서 마치 창을 낸 것처럼 틈새를 만들었고, 그 너머로 살을 에는 듯한 은빛이 명주실로 짠 비단처럼 반짝반짝 빛나고 있다. 내가 걷고 있는 길은 여전히 어둡지만, 바다 위 하늘은 구름이 걷혀 달빛이 밝게 비치고 있겠지. 바라보는 사이에 바다는 점점 더 빛을 발해 소나무 숲 깊은 곳까지 눈이 부실 만큼 비춘다. 뭐랄까, 반짝반짝 한없이 빛을 발하면서 물 표면이 부풀어 넘치면서 웅성웅성하는 듯이 느껴진다.

바다 쪽에서부터 환해지는 하늘이 산그늘이 진 숲에까지 점점 밀려와, 내가 걷는 길도 차츰차츰 밝아 온다. 마침내 내게도 푸르스름한 달빛이 비치더니, 소나무 잎사귀의 그림자를 또렷이 물들인다. 툭 튀어나온 언덕 모퉁이는 서서히 왼편으로 멀어져 갔고, 어느새 숲에서 빠져나온 나는 한없이 넓은 바다가 눈앞에 불쑥 펼쳐지자 그만 우뚝 멈춰 서고 말았다.

아아, 이 얼마나 아름다운 풍경인가. 나는 한동안 넋을 잃고 그곳에 서 있었다. 내가 걸어온 길은 하얀 거품이 부서지는 해안선을 따라 한없이 뻗어 있다. 여기는 미호(三保) 반도의 소나무 들판일까, 다고(田子)의 바닷가일까, 스미노에(住之江)의 절벽일까, 아카시(明石)의 모래사장일까. 여하튼 그런 절경을 그린 그림엽서에서 본 듯한 소나무가, 바닷바람 탓에 구불구불 구부러진 나뭇가지의 그림자를 길 여기저기에 비스듬히 드리우고 있다. 파도 끝자락과 길 사이에 있는, 눈처럼 새하얀 모래밭은 아마도 표면이 고르지 않겠지만, 달빛이 너무나도 밝게 온 구석구석을 비추어서인지 조금도 울퉁불퉁하지 않고 오히려 민틋하고 매끄럽게 보인다. 그 너머에는 넓은 하늘에 걸린 둥글고 밝은 달과, 수평선 끝까지 펼쳐져 있는 바다뿐, 눈앞을 가로막는 것은 아무것도 없다. 조금 전에 소나무 숲에서 본 것은 저 달 바로 아래 가장 밝게 빛나고 있는 바다의 한 부분이다. 그것은 그저 빛나는 것이 아니라, 계속 반짝이면서 철사를 꼬는 듯이 움직이고 있다. 아니면 움직이고 있어서 빛이 더한층 강하다고 할 수도 있다. 그 부분이 바다의 중심이고 그곳에서 바닷물이 소용돌이치기 때문에 바다가 온통 부풀어 오르는 건지도 모른다. 어쨌든 그 부분을 중심으로 바다가 부풀어 오르는 것처럼 보이는 것은 사실이다. 그 부풀어 오른 부분에서 사방으로 반사되어 퍼지는 빛은 물고기 비늘처럼 조각조각 부서지고, 자잘하게 이는 물결 사이로 깜빡깜빡 섞여, 바닷가 모래밭까지 고요하게 밀려온다. 그리고 그 빛은 어쩌면 물가에서 부서져 철썩철썩 모래밭으로 기어오르는 물 속에도 섞여 올 것이다.

그때 바람이 뚝 그치더니, 그렇게 바스락바스락하고 울던 소나무 가지도 아무 소리를 내지 않는다. 물가에 밀려드는 파도조차 이 달밤의 정적을 깨뜨려서는 안 되겠다고 애쓰기라도 하듯, 가냘프고 조심스럽게 속삭이는 듯한 소리를 내고 있을 뿐이다. 그것은 마치 남몰래 흐느끼는 여인의 울음소리처럼, 게 등딱지 틈새로 보글보글 뿜어 나오는 거품처럼 스러질 듯 가냘프지만, 끝을 모르고 하염없이 이어지는 소리처럼 들린다. 그 소리는 '소리'라기보다는 오히려 더한층 깊은 '침묵'이며, 오늘 밤의 이 고요함을 더욱 신비롭게 만드는 정서적 음악이다. ……

누구든지 이런 달을 보면 영원이라는 것을 생각하지 않을 수 없다. 나는 어린아이였기 때문에 영원에 대한 분명한 관념은 없었지만, 그래도 무언가 그것에 가까운 감정이 가슴속에 차오르는 것을 느꼈다. 나는 전에도 이런 경치를 어디에선가 본 기억이 있다. 게다가 한 번이 아니라 몇 번이나 보았다. 어쩌면 내가 이 세상에 태어나기 전의 일이었는지도 모른다. 그 전생의 기억이 지금 내게 되살아난 건지도 모른다. 그게 아니라면 현실 세계가 아니라 꿈속에서 본 걸까? 나는 꿈에서 이것과 똑같은 풍경을 몇 번이나 본 것 같은 기분이 든다. 그렇다, 분명히 꿈에서 본 적이 있다. 2~3년 전에도, 바로 며칠 전에도 본 적이 있다. 이 세상에서 언젠가 한 번은 그런 풍경과 마주할 때가 있다. 꿈은 내게 그렇게 암시하고 있었다. 그 암시가 지금 현실이 되어 내 눈앞에 나타난 것이다.

파도조차 망설이는 듯한 모습으로 밀려들어, 나도 가능한 한 조용한 발걸음으로 천천히 도둑처럼 걷고 싶었다. 하지만 어찌 된 일인지 나는 묘하게 흥분하여 바닷가를 따라 이어진 길을 마치 허둥지둥 도망치기라도 하듯이 발걸음을 옮겼다. 주위의 사물들이 너무나 조용해서 왠지 무섭기도 했을 것이다. 자칫 마음을 놓았다가는 나도, 가지가 구부러진 저 소나무나 모래밭처럼 꼼짝없이 얼어붙어 움직이지 못할지도 모른다. 그리고 이 바닷가에서 돌멩이로 변해 몇 년이고 몇 년이고 저 차가운 달빛을 머리 위로 받아야 할 것이다. 사실 오늘 밤과 같은 풍경과 마주치면 누구라도 조금은 죽고 싶은 마음이 든다. 이 자리에서 죽는다면 죽는 것이 그다지 두렵지는 않을 것 같다. 아마도 이런 생각이 나를 흥분하게 만들었을 것이다.

'달빛이 온 천지를 구석구석 비추고 있구나. 그리고 저 달빛을 받은 사람들은 다 죽고, 오직 나만 살아 있어. 나만이 살아서 움직이고 있는 거야.'

그런 기분이 나를 등 뒤에서 몰아치는 것만 같았다. 몰아치면 몰아칠수록 나는 더 서둘러 발걸음을 옮겼다. 그러자 이번에는 나 홀로 안절부절못하는 것이 두려움의 씨앗이 되었다. 숨이 차오르고 괴로워서 그만 멈춰 서자, 싫든 좋든 주변의 경치가 눈 안에 들어온다. 모든 사물은 여전히 고요하고, 하늘도 바다도, 먼 산과 들도, 한없이 펼쳐진 달빛에 녹아들어, 그 푸르스름한 고요함은 마치 활동사진의 필름이 도중에 멈춰 버린 듯하다. 길바닥은 마치 서리가 내린 것처럼 새하얗고, 그 위에는 가지가 구부러진 소나무의 선명한 그림자가, 마치 길가로 기어나간 뱀처럼 선명하게 가로질러 있다. 소나무와 그림자는 뿌리 밑동에서 하나가 되었는데, 그림자는 소나무가 사라진다고 해도 절대 사라지지 않을 것처럼 또렷하다. 마치 그림자가 주인이고 소나무가 하인인 것처럼 느껴진다. 그 관계는 나와 내 그림자도 마찬가지였다. 가만히 멈춰 서서 내 그림자를 한참 쳐다보고 있으니, 그림자도 땅바닥에 드러누워 잠자코 나를 올려다보고 있다. 나 말고 움직이는 것은 이 그림자뿐이다.

"난 네 신하가 아니야. 난 네 친구야. 달이 너무 멋져서 나도 모르게 놀러 나왔어. 너도 혼자서 외로울 테니까 내가 길동무를 해 줄게."

그림자는 그렇게 말을 거는 것 같다.

나는 아까 전봇대를 세면서 걸어왔을 때처럼 이번에는 소나무 그림자를 세면서 걸어갔다. 이 길과 파도치는 물가 사이의 거리는 때로는 멀어지기도 하고 때로는 가까워지기도 한다. 철썩철썩 모래밭을 때리며 바닷가를 파고드는 물결은 어떨 때는 당장에라도 소나무 뿌리를 적실 듯이 밀려온다. 물결은 저 멀리서 기어갈 때는 하얀색 얇은 비단을 펼쳐 놓은 듯 보이지만, 가까이 다가올 때는 따뜻한 물에 녹은 비누처럼 부풀어 있다. 달은 파도 그림자를 있는 그대로, 한두 치쯤 솟아오른 부분까지 모래밭에 비추었다. 실제로 이런 달밤에는 바늘 하나라도 그림자를 드리우지 않을 수 없을 것이다.

저 멀리 바다 쪽에서인지, 아니면 길에 서 있는, 가지가 구부러진 몇몇 소나무 사이에서인지 알 수는 없지만, 문득 내 귀에 이상한 소리가 들려왔다. 어쩌면 내가 헛것을 들은 건지도 모르지만, 왠지 그것은 샤미센 소리 같았다. 잠깐 끊기더니 또다시 들려오는 음색을 들어 보니 아무래도 샤미센이 분명하다. 니혼바시에서 살던 시절, 유모 품에 안긴 채 이불 속에서 잠이 들 때 나는 자주 저 샤미센 소리를 들었다.

"덴푸라• 먹고 싶어, 덴푸라 먹고 싶어."

유모는 언제나 그 샤미센 가락에 맞춰 흥얼거렸다.

"그것 봐, 그렇지? 저 샤미센 소리가 마치 '덴푸라 먹고 싶

• 튀김을 뜻하는 일본어의 발음.

어, 덴푸라 먹고 싶어' 하고 말하는 것처럼 들리지 않니? 그렇게 들리지?"

그렇게 말하며 유모는, 그녀의 가슴에 손을 대고 젖꼭지를 만지는 나의 얼굴을 들여다보곤 했다. 기분 탓인지도 모르지만 정말 유모의 말처럼 '덴푸라 먹고 싶어, 덴푸라 먹고 싶어' 하고 구슬픈 가락으로 노래하고 있다. 나와 유모는 한참 동안 서로 눈을 마주 보며 더 조용히 샤미센 소리에 귀를 기울인다. 추운 겨울밤 사람의 발길이 끊긴 꽁꽁 얼어붙은 길에서 또각또각 나막신 소리를 내며 구슬픈 신나이 가락•을 노래하는 그는, 닌교초에서 우리 집 앞을 지나 고메야초 쪽으로 걸어간다. 샤미센 소리가 차츰차츰 멀어지면서 아련히 사라져 가는 것 같다. "덴푸라 먹고 싶어, 덴푸라 먹고 싶어" 하고 또렷이 들리던 소리가 점점 희미하게 끊어지더니, 바람을 타고 이따금 얼핏 들리기도 하다가 아예 들리지 않게 된다. ……

"덴푸라…… 덴푸라 먹고 싶어…… 먹고 싶어, 덴푸라…… 덴푸라…… 덴…… 먹고…… 푸라 먹고……."

• 샤미센 반주로 노래하는 음악으로, 애조 띤 가락에 맞춰 슬픈 여성의 삶을 노래하는 것이 특징이다.

마침내 이렇게 띄엄띄엄 들리면서 희미해져 간다. 그래도 나는, 터널 안쪽으로 조그맣게 조그맣게 사라져 가는 불빛 한 점을 끝까지 지켜보는 듯한 마음으로, 계속 열심히 귀를 기울였다. 샤미센 소리는 끊겼지만 한동안 여전히 "덴푸라 먹고 싶어, 덴푸라 먹고 싶어" 하고 속삭이는 소리가 내 귓가에 맴돈다.

"어, 아직도 샤미센 소리가 들리는 건가? …… 아니면 내가 잘못 들었나?"

나는 혼자 그런 생각을 하면서 어느새 새근새근 잠 속으로 빠져들어 간다.

그렇게 기억속에 남아 있는, 신나이를 연주하는 샤미센이 오늘 밤에도 변함없이 "덴푸라 먹고 싶어, 덴푸라 먹고 싶어" 라고 구슬픈 음색을 울리며, 이 길 여기저기서 들려온다. 또 각또각 울리는 나막신 소리가 들리지 않는 것이 여느 때와는 달랐지만, 그 음색만큼은 분명 의심할 여지가 없다. 처음에는 "덴푸라…… 덴푸라……" 하며 '덴푸라' 부분만 또렷했지만, 차츰차츰 가까워지고 있는지 드디어 '먹고 싶어' 부분도 똑똑히 들려왔다. 하지만 땅 위에는 나와 소나무 그림자 말고는 신나이를 읊고 있는 사람의 자취는 어디에도 보이지 않는다. 달빛이 닿는 곳 끝에서 끝까지 둘러보아도 나 말고 이

길을 걸어가는 것은 작은 개 한 마리도 없다. 어쩌면 달빛이 너무나도 밝아서 오히려 아무것도 보이지 않는 게 아닐까, 나는 그런 생각이 들었다.

마침내 내가 샤미센을 켜는 사람의 그림자를 한두 정쯤 떨어진 앞쪽에서 발견한 것은 그때부터 얼마쯤 지난 뒤였을까? 그곳에 도착할 때까지 얼마나 오랫동안 나는 달빛과 파도 소리에 잠겨 있었을까? '오랫동안'이라는 말만으로는 사실 그 기나긴 시간의 느낌을 표현할 수 없다. 사람은 종종 꿈속에서 2년, 3년 같은 긴 시간을 느낄 때가 있다. 그때 내가 느낀 감정이 바로 그것과 비슷했다. 하늘에는 달이 있고, 길가에는 가지가 구부러진 소나무가 있고, 바닷가에서는 파도가 부서지는 그 길을, 나는 2년, 3년, 어쩌면 10년이나 걸었는지도 모른다. 걸으면서 나는 이제 더는 이 세상 사람이 아닌 것 같은 생각이 들었다. '사람이 죽으면 길고 긴 여행길에 오른다. 나는 지금 그 길을 떠난 게 아닐까' 하는 생각도 들었다. 어쨌든 그만큼 오랜 느낌이 들었다.

"덴푸라 먹고 싶어, 덴푸라 먹고 싶어."

이제 그 샤미센 소리는 가까이에서 또렷이 들려온다. 사락

사락 모래를 씻는 파도 소리에 맞춰 발목(撥木)•을 다루는 깔끔한 손놀림이 샘물 방울처럼, 은방울처럼 성스럽게 내 가슴 속에 스며든다. 샤미센을 켜고 있는 사람은 의심할 여지 없이 젊은 여인이다. 옛날에 도리오이••가 쓰던 것 같은 삿갓을 쓰고 살짝 고개를 숙인 채 걷고 있는 여인의 목덜미가, 달빛을 받아서이기도 하겠지만 놀랄 만큼 새하얗다. 젊은 여인이 아니라면 그토록 새하얄 리가 없다. 이따금 오른쪽 소맷부리 끝에서 비어져 나오는, 줄감개를 쥐고 있는 손목도 그렇게 똑같이 하얗다. 아직도 한 정 넘게 떨어져 있어, 입고 있는 기모노의 줄무늬 같은 것은 보이지 않지만, 목덜미와 손목이 하얗다는 것만큼은 먼바다에서 물마루가 반짝반짝 빛나는 것처럼 또렷하다.

"아, 그래. 저건 어쩌면 사람이 아닐 거야. 분명히 여우야. 여우가 둔갑한 거야."

나는 덜컥 겁이 나서, 될 수 있는 한 발소리를 내지 않도록 조심조심 그 여인의 그림자를 좇아갔다. 그림자는 여전히 샤

• 샤미센을 켤 때 쓰는 납작한 기구.

•• 에도 시대에 연초가 되면 새 옷과 갓을 쓰고 흥조를 좇아 풍작을 기원하며 샤미센을 켜며 노래를 부르고 돈을 받던 여인을 가리키는 말이다.

미센을 켜면서 뒤도 돌아보지 않고 터벅터벅 걸어간다. 그런데 혹시 여우라면 내가 뒤에서 걷고 있는 걸 설마 모르지는 않을 것이다. 아마 알면서도 시치미를 떼고 있을 것이다. 그러고 보니 어쩐지 저 새하얀 피부색이 아무래도 사람의 살갗이 아니라 여우의 털처럼 보인다. 털이 아닌 것이 저리도 희고 매끄럽게 갯버들처럼 빛날 리가 없다.

내가 천천히 걷는데도 여인의 뒷모습은 점점 가까이 다가온다. 두 사람의 거리는 다섯 간도 벌어지지 않았다. 이제 조금만 있으면, 땅 위에 비치는 내 그림자가 그녀의 발뒤꿈치를 따라잡을 것만 같다. 내가 한 자쯤 걸어가면 그사이에 그림자는 쑥쑥 두 자나 늘어난다. 내 그림자의 머리와 여인의 발뒤꿈치는 금방이라도 닿을 듯 말 듯 하다. 여인의 발뒤꿈치도 — 이렇게 추운데도 여인은 맨발에 삼실로 짠 짚신을 신고 있다 — 목덜미나 손목과 마찬가지로 새하얗다. 멀리서 그것이 보이지 않았던 것은 아마도 긴 기모노 옷자락에 감추어져 있었기 때문이리라.

어쨌든 무척이나 긴 옷자락이다. 오메시나 지리멘 같은 비단옷이기라도 한 것인지, 마치 연극에 나오는 멋지고 아름다운 남녀가 입는 옷처럼 길게 흘러내리는 옷자락이 발등을 감싸며, 종종 모래밭에 닿아 질질 끌릴 만큼 늘어져 있다. 그래도 모래가 깨끗해서인지 발도 옷자락도 전혀 더럽지 않다. 사락사락 짚신을 끌며 걸을 때마다, 핥아도 될 만큼 새하얀 발바닥이 보인다. 여우인지 사람인지 아직 정체는 알 수 없지만, 살갗은 분명히 사람의 피부다. 달빛이 삿갓을 미끄러져 내려와 차갑게 비추고 있는 목덜미에서, 앞으로 구부린 등줄기를 지나, 가냘픈 등뼈가 솟아 있는 것까지 또렷이 보인다. 등줄기 양옆으로 비스듬히 축 처진 가녀린 어깨가 땅에 끌려가는 옷자락처럼 나긋나긋하다. 그 어깨는 양쪽으로 퍼진 삿갓보다 좁을 정도로 가냘프다. 가끔 고개를 푹 숙일 때마다, 물에 흠뻑 젖은 듯한 아름다운 쪽머리와 그 머리카락을 누르고 있는 삿갓의 끈 사이로 귓불 뒤쪽 살이 보인다. 하지만 보이는 것은 그 귓불뿐, 얼굴 앞쪽이 어떤지는 삿갓 끈이 방해하는 바람에 전혀 알 수 없다. 하늘하늘한 바람에도 견디지 못하는 뒷모습을 바라보면 볼수록 점점 더 인간이 아닌 것 같다는 생각이 들고, 역시 여우가 둔갑한 게 아닐까 하는 의심이 든다. 너무나 부드럽고 가냘픈 미녀의 뒷모습을 보여 주다가, 가까이 다가가면 "우왁!" 하고 반야(般若)•처럼 무시무시한 얼굴로 뒤돌아보는 건 아닐까. ……

• 질투와 한이 가득한 여자의 얼굴을 한 귀신.

이제 내 발소리는 그녀의 귀에 들릴 것이 틀림없다. 내가 뒤에 있다는 걸 안다면 한 번쯤 뒤돌아보아도 좋으련만, 모르는 척하는 모습을 보니 더더욱 미심쩍다. 마음을 단단히 먹고 조심하지 않으면 무슨 일이 생길지 모른다. …… 바닥에서 점점 뻗어 가는 내 그림자는 이제 막 그녀의 발뒤꿈치에 닿아, 기모노의 옷자락을 한 자 두 자 기어오르고 있다. 그녀의 허리께에 딱 비친 내 목이 점점 허리띠 쪽으로 나아가더니, 이제 등줄기를 타고 올라가려고 한다. 내 그림자 너머로 여인의 그림자가 누워 있다. 나는 마음을 다잡고 살짝 곁길로 나가 보았다. 그러자 내 그림자는 금세 여인의 허리에서 벗어나, 그녀의 그림자와 어깨를 나란히 하며 땅 위에 또렷이 모습을 드러냈다. 이제는 누가 뭐라 해도 그것이 여인이 아니라고 말할 수는 없다. 하지만 여전히 여인은 이쪽을 돌아보지도 않는다. 그저 열심히, 아니 그렇다기보다는 무척이나 단아한 모습으로 차분하게, 신나이 가락을 연주하고 있다.

그림자와 그림자는 어느새 한 치의 차이도 없이 나란히 섰다. 나는 처음으로 여인의 옆얼굴을 살짝 훔쳐보았다. 삿갓 끈 너머로 드디어 그녀의 봉긋하게 솟은 뺨의 곡선이 보였다. 뺨의 선만 보면 분명 반야의 얼굴은 아니다. 반야의 뺨이

저토록 부드럽고 도톰할 리가 없다.

봉긋한 뺨에 가려진 곳에서 살짝, 정말로 살짝, 오뚝한 코끝이 보인다. 마치 기차를 타고 가다 창문으로 경치를 바라볼 때, 어느 산기슭에서 바다로 튀어나온 곶(串)이 조금씩 모습을 드러내는 것 같다. 나는 그 코가 오뚝하고 멋지고 우아한 코였으면 좋겠다고 생각했다. 이런 달밤에 이토록 운치 있는 자태로 걷고 있는 여인이 추하다고는 생각하고 싶지 않았다. 그런 생각을 하는 사이에 코끝은 점점 더 뺨 저편에서 모습을 드러내고 있다. 뾰족하게 솟은 부분 아래로 이어지는 콧방울 선이 부드럽다는 것을 알 수 있다. 이미 그것만으로도 코의 모양을 대충 상상할 수 있다. 그 코는 오뚝한 것이 틀림없다. 오뚝할 뿐만 아니라 멋진 코인 것도 분명하다. 이제 됐다. ……

나는 정말로 기뻤다. 특히 그 코가 내가 상상했던 것보다 훨씬 더 멋지고, 그림으로 그린 것처럼 아름답다는 것이 확실해졌을 때, 내 기쁨은 얼마나 컸던가. 이제 그녀의 옆얼굴은 그 아름답고 엄숙한 콧마루 선을 시작으로 숨김없이 드러나 내 얼굴과 딱 맞추어 나란히 있다. 그래도 여인은 여전히 내 쪽을 돌아보지 않는다. 옆얼굴보다 더는 내게 보여주려고 하지 않는다. 코 선을 경계로 그 너머에 있는 반쪽은 산그늘에 핀 꽃처럼 감추어져 있다. 여인의 얼굴은 그림처럼 아름다우면서도 동시에 '그림처럼' 앞모습만 있을 뿐 뒷모습은 없는 듯이 느껴진다.

"아주머니, 아주머니. 아주머니는 어디까지 가세요?"

나는 여인에게 이렇게 물었지만, 쭈뼛쭈뼛한 목소리는 맑은 샤미센 소리에 가려 그녀의 귀에 닿지 않았다.

"아주머니, 아주머니……."

나는 다시 한 번 불러 보았다. 나는 사실 '아주머니'라고 하지 않고 '누나'라고 부르고 싶었다. 누나가 없는 나는 예쁜 누나가 있으면 좋겠다는 생각을 항상 마음속에 품고 있었다. 나는 예쁜 누나가 있는 친구들이 언제나 부러웠다. 이 여인을 부를 때 내 가슴속에는 누나에 대한 달콤하고 그리운 감정이 솟아올랐다. '아주머니'라고 부르기는 왠지 싫었다. 하지만 느닷없이 '누나'라고 부르면 너무 실례가 아닐까 싶어 어쩔 수 없이 '아주머니'라고 부른 것이다.

두 번째는 큰 소리로 불렀다고 생각했는데, 여인은 그래도 대답이 없다. 옆얼굴은 움직이지 않았다. 그저 신나이 가락을 연주하면서 긴 기모노 자락을 모래 위에 사락사락 끌며 고개를 숙인 채 앞으로 걸어간다. 여인의 눈은 오로지 샤미센 줄 위에 머물러 있는 것 같다. 아마 그녀는 자신이 연주하는 곡에 빠져 넋을 놓고 있는지도 모른다.

나는 이번에는 한 걸음 앞으로 나아가, 옆얼굴만 보이던 여인의 얼굴을 바로 앞에서 똑바로 바라보았다. 얼굴은 삿갓에 가려 어둡게 그늘이 져 있지만, 하얀 살결이 그만큼 더 도드라져 보이는 것 같다. 그늘이 그녀의 아랫입술 언저리까지 덮쳐, 삿갓 끈이 묻혀 있는 턱 끝만이 달빛에 살짝 모습을 드러내고 있다. 그 턱은 꽃잎처럼 작고 사랑스럽다. 그리고 입술에는 연지가 짙게 발려 있다. 나는 그때껏 알아채지 못했는데, 여인은 분명 짙은 화장을 하고 있다. 어쩐지 너무나 희다고 생각했는데, 알고 보니 얼굴에도 목덜미에도 진한 분가루가 칙칙하다 싶을 만큼 짙게 발려 있다. 하지만 그렇다고 그녀의 미모가 조금이라도 덜하다는 말은 아니다. 강렬한 전등 불빛이나 햇빛 아래에서는 분가루가 진하면 천하게 보일 때도 있겠지만, 오늘 밤처럼 푸르스름한 달빛 아래 너무나도 요염한 미녀가 짙게 화장한 얼굴은 오히려 신비로워 보였고, 요물처럼 으스스한 느낌마저 들었다. 정말로 그 분가루는 아름답고 화려하다기보다는 차갑다는 느낌이 더 강했던 것이다.

무슨 일인지 여인이 갑자기 멈춰 서더니, 숙이고 있던 얼굴을 들고 하늘의 달을 올려다보았다. 어두운 삿갓 그늘에서 희뿌옇게 빛나던 얼굴이 순간, 저 멀리 바닷물처럼 은빛을 뿜어내는 것이 아닌가 싶었다. 그리고 밝게 빛나는 뺨 위로 반짝하며, 마치 연꽃잎에서 흘러내리는 이슬방울처럼 굴러떨어지는 것이 있었다. 반짝 빛나다 어디론가 사라져 버렸나 했는데, 또다시 반짝이다 사라진다.

"아주머니, 아주머니, 아주머니는 울고 있네요. 아주머니 뺨에서 반짝이는 건 눈물이 아닌가요?"

내가 이렇게 말하자 여인은 또 하늘을 쳐다보며 대답했다.

"눈물은 맞지만 난 울고 있는 게 아니란다."

"그럼 누가 울고 있는 거예요? 그 눈물은 누구 눈물이에요?"

"이건 달의 눈물이야. 달님이 울어서 그 눈물이 내 뺨 위로 떨어지는 거란다. 저기 봐, 저렇게 달님이 울고 계시잖아."

그 말을 듣고 나도 하늘의 달을 올려다보았다. 하지만 달이 울고 있는지 아닌지 잘 알 수가 없었다. 나는 아마도 내가 아직 어린아이여서 알지 못하는 건지도 모른다고 생각했다. 그렇다고 해도 달의 눈물은 어째서 여인의 뺨 위에만 떨어지고, 내 뺨에는 떨어지지 않는 걸까?

"그래, 역시 아주머니는 울고 있어. 아주머니는 거짓말을 한 거야."

나는 불쑥 그렇게 말하지 않을 수 없었다. 왜냐하면 여인은 고개를 든 채, 울고 있는 얼굴을 내게 들키지 않도록 애쓰며 연신 훌쩍훌쩍 흐느끼고 있었기 때문이다.

"아냐, 아냐. 왜 내가 울고 있겠니. 난 아무리 슬퍼도 울지 않는단다."

그렇게 말하면서도 여인은 하염없이 눈물을 흘리고 있는 것이 분명하다. 고개를 들고 있는 얼굴의 눈꺼풀 그늘에서 솟아 나오는 눈물은 코 양옆을 타고 내려와, 턱 쪽으로 선을 그리며 흐르고 있다. 소리를 죽이고 흐느낄 때마다 목뼈가 살갗 아래에서 애처롭게 드러나, 숨이 막히지는 않을까 싶을 만큼 애절하게 떨리면서 오르내린다. 처음에는 이슬방울처럼 똑똑 떨어지던 것이 금세 뺨 한쪽을 물처럼 적시고, 콧구멍으로도 입 안으로도 거침없이 들어가는 것 같다. 그때 여인은 콧물을 훌쩍이다가, 입으로 흘러 들어간 눈물을 삼켜버렸는지, 콜록콜록 세차게 기침을 했다.

"그것 보세요. 아주머니는 그렇게 울고 있잖아요. 아주머니, 뭐가 그렇게 슬퍼서 우는 거예요?"

나는 그렇게 말하고는, 몸을 웅크리고 콜록거리는 여인의 어깨를 쓰다듬어 주었다.

"뭐가 슬프냐고 물었니? 이런 달밤에 이렇게 밖을 걷고 있으면 누구든 슬퍼지지 않겠니? 너도 속으로는 틀림없이 슬플 거야."

"그건 그래요. 저도 오늘 밤은 슬퍼서 견딜 수가 없어요. 정말 어떻게 된 걸까요?"

"그러니까 저 달을 보겠니? 슬픈 건 달 때문이야. 너도 그렇게 슬프면 나랑 같이 울어 주지 않겠니? 부탁이니까 울어 줄래, 응?"

여인의 말은 신나이 가락의 샤미센 소리 못지않게 아름다운 음악처럼 들렸다. 이상하게도 이렇게 계속해서 이야기를 나누는 동안에도 여인은 샤미센을 켜는 손을 쉬지 않고 움직인다.

"그럼 아주머니도 우는 얼굴을 숨기지 말고 절 보세요. 전 아주머니의 얼굴이 보고 싶어요."

"아아, 그랬구나. 우는 얼굴을 감춘 건 정말 미안하구나. 착한 아이니까 용서해 주겠니?"

하늘을 쳐다보던 여인은 그러면서 살짝 고개를 돌리며 삿갓을 기울이더니 내 쪽을 바라보았다.

"자, 내 얼굴을 보고 싶으면 찬찬히 봐도 돼. 난 이렇게 울고 있단다. 내 뺨은 이렇게 눈물로 흠뻑 젖었어. 자, 너도 나와 같이 울어 주겠니? 오늘 밤 달빛이 비치는 동안은 함께 울면서 어디까지든 이 길을 걸어가자."

여인은 내게 뺨을 가까이 갖다 대고 다시 주르륵 눈물을 흘렸다. 분명 슬픈 것이 틀림없겠지만, 그렇게 울고 있는 것이 너무나 기쁜 듯했다. 그 마음이 내게도 또렷이 느껴졌다.

"네, 같이 울게요, 울게요. 아주머니랑 함께라면 얼마든지 울 거예요. 저도 조금 전부터 울고 싶은 걸 참고 있었어요."

이렇게 말하는 내 목소리도 어쩐지 노랫가락처럼 아름다운 선율을 띠고 있는 듯이 들렸다. 그렇게 말하며 나는 내 뺨에 흘러내리는 눈물을 느꼈다. 내 눈시울이 순식간에 발갛게 물든 것 같았다.

"아아, 이렇게 울어 주는구나. 네가 울어 주니 나는 더 슬퍼지는구나. 슬프고 슬퍼서 견딜 수가 없구나. 그래도 난 슬픈 걸 좋아하니까, 차라리 울 수 있을 만큼 울게 해 주렴."

그러면서 여인은 다시 내게 뺨을 갖다 댔다. 아무리 눈물이 흘러도 여인의 얼굴에 발려 있는 분은 지워지지 않았다. 눈물 젖은 뺨은 오히려 달처럼 매끄럽게 빛나고 있었다.

"아주머니, 아주머니, 전 아주머니가 말한 대로 함께 울고 있어요. 그러니 그 대신 아주머니를 누나라고 불러도 되나요? 네? 아주머니, 지금부터 아주머니를 누나라고 불러도 되죠?"

"그건 왜? 왜 그런 말을 하는 거니?"

그때 여인은 억새풀 이삭처럼 가느다란 눈으로 찬찬히 내 얼굴을 바라보았다.

"왜냐하면 정말로 누나 같은 느낌이 들어서 그래요. 분명히 아주머니는 제 누나일 거예요. 그렇죠? 설사 그게 아니래도 앞으로 제 누나가 돼 주실 거죠?"

"너한테 누나가 있을 리가 없잖니? 넌 남동생이랑 여동생만 있잖아. 네가 나한테 아주머니나 누나라고 부르면 난 더 슬퍼진단다."

"그럼 뭐라고 하면 되나요?"

"뭐라고 하다니, 넌 날 잊어버렸니? 난 네 엄마잖아."

그렇게 말하며 여인은 얼굴을 내 얼굴에 바싹 갖다 댔다. 나는 순간 퍼뜩 생각이 떠올랐다. 그러고 보니 정말로 어머니가 틀림없었다. 어머니가 이렇게 젊고 아름다울 리가 없었지만 그래도 분명 어머니였다. 왠지 모르지만 나는 그것을 의심할 수 없었다. 나는 아직 어린아이였다. 그러니 어머니가 이렇게 젊고 아름다운 건 당연한 건지도 모른다고 생각했다.

"아아, 어머니, 어머니, 어머니였어요? 전 조금 전부터 어머니를 찾고 있었어요."

"오오, 준이치, 드디어 엄마를 알아보는구나. 날 알아보겠니?"

어머니는 기쁨에 떨리는 목소리로 말했다. 그리고 나를 꼭 껴안은 채 꼼짝도 하지 않고 서 있었다. 나도 있는 힘껏 끌어안고 떨어지지 않았다. 어머니의 품속에는 달콤한 젖내가 따스하게 감돌았다…….

그러나 여전히 달빛과 파도 소리가 온몸에 스며들었다. 신나이 가락이 들려왔다. 두 사람의 뺨에는 아직도 눈물이 하염없이 흐르고 있었다.

나는 문득 눈을 떴다. 꿈속에서 정말로 눈물을 흘렸는지 내 베개는 눈물로 얼룩져 있었다. 나는 올해 서른네 살이 된다. 그리고 어머니는 재작년 여름 이후로 더는 이 세상 사람이 아니다. 이런 생각이 들자, 또다시 눈물이 뚝뚝 베개 위로 떨어졌다.

"덴푸라 먹고 싶어, 덴푸라 먹고 싶어……."

샤미센 소리는 아직도 내 귓가에, 저 세상의 소식처럼 아득히 멀리서 울리고 있었다.

편집자 후기

《고양이와 쇼조와 두 여자》는 고양이를 둘러싼 세 남녀의 심리를 치밀하면서도 코믹하게 그린 심리 코미디다. 다니자키가 이 소설을 쓴 시기는 1935~6년으로, 그가 재혼한 시기와 비슷하면서도 그가 《겐지 이야기》를 번역한 시기와 겹치기도 한다.

다니자키는 1935~41년에 걸쳐 2천여 페이지에 달하는 《겐지 이야기》를 현대어로 번역했는데, 이 긴 번역 기간 동안 여러 글을 쓰긴 했지만, 소설로는 이 소설이 유일하다. 《겐지 이야기》는 11세기 헤이안 시대의 궁정을 배경으로 귀족들의 화려한 생활을 담고 있는 반면, 이 소설에는 그와는 정반

대로, 오사카 지방의 평범한 사람들이 등장한다. 다니자키는 귀족 상류층의 이야기에 너무 몰두한 나머지, 평범한 일상의 모습이 그리웠는지도 모른다. 번역문에서는 살리지 못했지만, 소설 속 인물들은 오사카 사투리로 대화하는데, 이는 보통 사람들의 평범한 일상성을 돋보이게 하는 장치로 볼 수도 있다.

다니자키는 1934년 후루카와 도미코와 이혼하고 1935년 모리타 마쓰코와 재혼하는데, 소설 속 주인공 쇼조도 시나코와 이혼하고 후쿠코와 재혼한다. 또 쇼조와 마찬가지로 다니자키 자신도 고양이를 무척이나 좋아해 여러 마리를 오랫동안 키웠다. 따라서 쇼조라는 인물의 구상에 다니자키 자신의 모습이 어느 정도 투영되었을 것으로 추측할 수 있다. 아마도 고양이 릴리에 대한 세밀한 묘사는 그가 실제로 고양이를 키운 경험에서 나왔을 것이고, 릴리의 아름다움에 대한 쇼조의 찬양에는 고양이에 대한 다니자키 자신의 각별한 애정이 반영되었을 것이다.

소설에서 표면적으로는 시나코와 후쿠코가 서로 라이벌이지만, 사실 그들의 진정한 라이벌은 고양이 릴리다. 쇼조는 지금껏 살면서 아내는 물론 어떤 여자에게도 애가 타거나 설레는 감정을 느낀 적이 없고, 10년 넘게 함께 지낸 고양이 릴리만이 삶의 위안인 무기력한 남자다. 쇼조의 아내 후쿠코는 고양이를 질투한 나머지, 남편을 닦달해 고양이를 쫓아낸다. 쇼조의 전처 시나코는 전남편의 마음을 되돌리려고 미워했던 고양이를 데려온 후, 예상치도 못하게 고양이를 좋아하게 된다. 그래서 어찌보면 이 소설은 사랑의 삼각관계가 아니라, 고양이를 중심으로 하는 독특한 사각 관계를 다루고 있는 것이다.

다니자키 문학의 중심에는 언제나 여성이 있다. 아름다우면서도 강한 여성과 무기력하고 피학적인 남성 간의 '지배와 복종'의 관계는 그의 작품에 자주 등장하는 구도다. 그런데 이 소설만의 특징은 그러한 여성이 인간이 아니라 고양이라는 점이다. 암고양이 릴리는 인간과 마찬가지로 사랑과 질투의 대상일 뿐만 아니라, 인간과 비교할 수 없을 만큼 고귀한 숭배의 대상이다. 릴리에 대한 쇼조의 지나칠 정도의 애정과 집착은 그의 타고난 성격과 그가 처한 상황 때문이기도 하지만, 시나코의 심리 변화에서도 알 수 있듯이, 릴리 자체의 아름다움과 사랑스러움 때문이기도 하다. 고양이는 외로운 사람에게 위안이 되어 주는 사랑스런 존재다. 친구 하나 없이 늘 외로웠던 쇼조에게 릴리는 그가 기댈 수 있는 유일한 존재였다. 그리고 이제 릴리는, 아시야에서 쫓겨나 동생 집 이층에서 춥고 외로운 밤을 보내는 시나코에게 따스한 위안이 되고 있다.

이 소설은 쓰인 지가 80년이 넘었음에도 요즘 나온 소설을 읽는 듯한 착각이 들 정도로 현대적이다. 특히 릴리에 대한 쇼조의 사랑은 그 당시에는 꽤 극단적으로 보였겠지만, 요즘의 진정한(?) 애묘인이라면 공감할 수도 있을 것이다. 그리고 시나코가 릴리의 "집사"가 되는 장면에서는 애묘인이 아니더라도 마음이 따뜻해질 것이다. 《고양이와 쇼조와 두 여자》는 인물들의 심리와 계산을 치밀하게 추적하는 다니자키 특유의 기법이 잘 나타나 있는 세련된 심리극이면서 동시에, 쇼조의 우스꽝스런 행동에서 느껴지는 코믹함이 쇼조를 바라보는 작가의 연민의 시선과 잘 어우러져 있는 따뜻한 희극이다.

1918년에 발표된 《작은 왕국》은 이문열의 《우리들의 일그러진 영웅》의 엄석대와 비슷한 학생이 등장하는 단편으로, 다니자키의 소설로는 보기 드물게 정치사회적인 성격이 짙은 소설이다. 그러면서도 '지배와 복종의 역전'이라는 테마는 여기에서도 여전히 나타난다. 일반적으로 교사와 학생 간의 권력 관계는 교사가 지배하고 학생은 복종하는 관계이지만,

이 소설에서 그 관계는 역전된다. (실제로 다니자키는 학창 시절에 누마쿠라 같은 학생이 자기 반에 있었다고 하는데, 그 학생이 바로 누마쿠라의 실제 모델이다.) 그리고 이 역전의 과정이 독자들에게 무리한 전개로 보이지 않도록 다니자키는 누마쿠라의 비범한 성격뿐만 아니라 가이지마가 처한 경제적 압박과 정신적 공황을 소설 곳곳에서 묘사하고 있다.

마지막에 실린 《어머니를 그리는 글》은 1919년에 발표된 단편으로, 인간 다니자키의 '어머니에 대한 그리움'과 예술가 다니자키의 '아름다움에 대한 숭배'가 시적이고 아름다운 문체로 그려진 소설이다. 실제로 이 작품을 쓰기 2년 전에 다니자키는 어머니를 여의었고, 어머니에 대한 그의 그리움은 각별했다고 한다.

소설 속 화자인 어린아이는 어머니를 밤새도록 찾아 헤매면서 여러 가지 경험들을 하는데, 우리는 이것들을 공포의 경험과 미(美)의 경험으로 나눠 볼 수 있다. 예컨대, 칠흑 같이 어두운 길을 걸으면서 아이는 오른편에 뭔가 바스락 하며 펄럭이는, 정체를 알 수 없는 것들을 보는데, 이때 아이가 느끼는 것은 무서움과 두려움이다. 이와 대비되어, 달빛을 받아 빛나고 있는 바다와, 샤미센을 켜는 하얀 살결의 어머니를 보며 느끼는 것은 아름다움이다. 아이가 밤새 경험하는 아름다움은 다니자키의 전 작품을 관통하는 유미주의(唯美主義)와 연결된다. 이 소설을 통해 다니자키는 어둠과 공포로부터 우리를 구해 주는 것은 오직 아름다운 것들뿐이라고 말하고 있는 건 아닐까?

이 단편에서 다니자키가 다양한 감각적 이미지를 이용하고 있는 것도 눈여겨볼 만하다. 소설 속 수많은 시각적 이미지 외에도, 연잎 소리, 파도 소리, 소나무 숲에 부는 바람 소리, 샤미센 소리 같은 청각적 이미지, 된장국 냄새, 생선 굽는 냄새, 어머니의 젖내 같은 후각적 이미지, 화자의 뺨 위를 흘러 내리는 눈물 같은 촉각적 이미지 등을 들 수 있다. 특히 "덴푸라 먹고 싶어"처럼 들리는 샤미센 소리는 청각적이면서 동시에 미각적인 감각을 불러 일으킨다. 《어머니를 그리는 글》이 아름다운 소설인 이유 중의 하나는 화자가 겪는 이렇게 다양한 감각 경험들이 시적인 문장들을 통해 끊임없이 독자에게 전달되기 때문일 것이다.

옮긴이 박성민
도쿄외국어대학교 대학원에서 일본어학을 전공했고 한국, 일본, 미국에서 통번역사로 일했다. 넥슨재팬, LG전자 등에서 일했으며 현재 번역과 출판 기획을 하고 있다. 번역서로 《먹는 인간》, 《우리는 빈곤세대입니다》, 《나를 위한 교양 수업》, 《내가 논어에서 얻은 것》, 《외우지 않는 기억술》 등이 있다.

고양이와 쇼조와 두 여자

2017년 10월 31일 초판 1쇄 발행

지은이 | 다니자키 준이치로
옮긴이 | 박성민

펴낸곳 | 시와서
펴낸이 | 송승현
등록번호 | 221-95-69238
주소 | 경기도 파주시 책향기로 183, 1507-506
전화 | 070-8200-1604
이메일 | siwaseo@gmail.com
블로그 | blog.naver.com/siwaseo

ISBN 079-11-959922-0-1 03830

시와서는 독자 여러분의 의견과 제안을 소중히 합니다.
원고 투고를 원하시는 분은 siwaseo@gmail.com 로 보내 주세요.